E-Z DICKENS SUPERHELT BOK TRE:

RØDT ROM

Cathy McGough

Stratford Living Publishing

Copyright © 2020 by Cathy McGough

Alle rettigheter forbeholdes.

Denne versjonen ble publisert i juni 2024.

Ingen deler av denne boken kan reproduseres i noen form uten skriftlig tillatelse fra forlaget eller forfatteren, med unntak av det som er tillatt i henhold til amerikansk lov om opphavsrett uten skriftlig forhåndstillatelse fra forlaget Stratford Living Publishing.

ISBN: 978-1-998304-74-5

Cathy McGough har hevdet sin rett i henhold til Copyright, Designs and Patents Act, 1988 til å bli identifisert som forfatter av dette verket.

Art Powered by Canva Pro.

Dette er et skjønnlitterært verk. Alle personer og situasjoner er oppdiktet. Likheten med levende eller døde personer er helt tilfeldig. Navn, personer, steder og hendelser er enten et produkt av forfatterens fantasi eller er brukt fiktivt.

Inhaltsliste

For de som tror...

"En helt er en vanlig person som finner styrke til å holde ut og holde ut til tross for overveldende hindringer."

Christopher Reeve

PROLOG

To år hadde gått, og det var den første desember, E-Zs femtenårsdag. Selv om det var iskaldt ute, og snøfnuggene yrte rundt dem, var han og familien og vennene hans fast bestemt på å holde festen ute, der de hadde et bål for å holde varmen og en grill.

Nå som Samantha og Sam hadde giftet seg, var det enda mer travelt i Dickens' husholdning. Det var aldri et kjedelig øyeblikk når venner kom på besøk.

Sam og Samanthas bryllup hadde vært en liten seremoni som ble holdt på registret. Lia var brudepike, E-Z var forlover og Alfred, trompetersvanen, var ringbærer.

Lia hadde gjort narr av Alfred fordi han var kledd i en marineblå sløyfe og ingenting annet. Alfred lot seg ikke affisere av oppmerksomheten, for han visste at han var i godt selskap med andre, blant annet tidligere britiske statsministre.

"Hvis den store Winston Churchill syntes at en tversoversløyfe var bra nok for ham, så er den bra nok for meg!" sa Alfred.

"Han røykte også en stor sigar!" sa E-Z. "Jeg håper virkelig ikke du har tenkt å begynne å røyke en sånn også."

Lia fniste.

"Biffene er klare!" ropte Sam. "Hvis du liker dem blodig, kan du hente dem nå."

Bare Samantha kom frem med tallerkenen sin klar. "Sønnen din har lyst på blodig i dag", sa hun og klappet seg på magen.

"Sønnen min får det han vil ha", sa Sam og løftet en biff opp på konas tallerken. Hun pirket i midten, mens mannen la en bakt potet og noen aspargesbiter ved siden av.

Samantha gumlet på aspargesen mens hun gikk bort til piknikbordet. Hun hadde planlagt E-Zs bursdag til punkt og prikke og brukt mye tid på å pynte selve bordet med Happy Birthday-tema. Hun satte seg ned og delte den bakte poteten i to, før hun la på rømme, gressløk, smør og noen rister salt.

E-Z, Lia, Alfred, PJ og Arden ble sittende, for det var varmere i nærheten av ildstedet. Onkel Sam likte ikke at folk flakket rundt når han holdt på med grillen, så de holdt seg unna. Dessuten likte de alle at innsatsen var gjennomstekt, og det ga dem også en mulighet til å prate sammen på tomannshånd.

"Hva synes dere om superheltnettstedet vårt?", spurte E-Z. spurte E-Z.

PJ og Arden så på hverandre og trakk på skuldrene.

"Kom igjen", sa E-Z. "Hva synes dere egentlig om den? Jeg vet at dere har sett på nettstedet, for onkel Sam hjalp meg med å se på dataene. Jeg ante ikke at vi kunne finne ut så mye informasjon om hvem som besøker nettstedet vårt, hvor lenge de blir der og hva de ser på. Og jeg kjente igjen IP-adressene deres. Fortell meg hva du synes om det."

"Hele sannheten? Ingen sperrer?" spurte PJ.

"Brutal sannhet?" la Arden til.

"Ja", lokket E-Z. Han senket stemmen til en hvisking. "Onkel Sam gjorde en utmerket jobb. Likevel treffer vi ikke riktig målgruppe, siden vi nesten ikke får noen trafikk. Bortsett fra dere to og en IP-adresse i Frankrike har vi nesten ikke hatt noen treff.

"Noen få personer, som dere, har kommet tilbake og sjekket siden noen ganger, men de blir ikke lenge. Onkel Sam foreslo at vi kanskje burde starte et nyhetsbrev, få folk til å registrere seg og sende dem oppdateringer, men jeg vet ikke. Alle lager nyhetsbrev for tiden, og det virker som mye arbeid. Onkel Sam viste meg at han har meldt seg på rundt femti av dem!

"Når det gjelder forespørsler om hjelp - som er hele grunnen til at vi startet opp en nettside - har vi hittil bare blitt bedt om å gjøre ting som lokale myndigheter som politi og brannvesen tar seg av. Jeg liker ikke tanken på at det skal være en del av det. Jeg liker ikke tanken på at vi skal skynde oss å redde en katt opp i et tre, og at brannvesenet dukker opp i fullt utstyr for å gjøre den samme jobben. Det er ineffektivt både for dem og for oss. Og det er pinlig når de dukker opp akkurat når vi er ferdige. Tiden deres er verdifull - de redder liv hver dag. Det føles respektløst, hvis du skjønner hva jeg mener? De redder liv og er på vakt døgnet rundt.

"Jeg tror vi må be dem om å holde seg unna, slik at vi ikke kaster bort tiden deres eller gjør jobben deres vanskeligere enn den allerede er. Beklager den lange talen, men når jeg tenker på alt de gjorde etter ulykken med foreldrene mine ..."

PJ og Arden lente seg inntil hverandre og hvisket. De ville ikke såre Sams følelser - de var tross alt ikke eksperter - eller ta sjansen på at han kunne overhøre dem og brenne biffene deres.

"Vi skjønner hva du mener", sa PJ. "Dessuten er politiet og brannvesenet viktige tjenester, og de får betalt for å redde folk. Mens dere er frivillige."

"Så nettsidene deres og deres tilstedeværelse på sosiale medier er annerledes enn dere burde være", sa Arden. "Og de har mange ansatte, på mange nivåer, til å vedlikeholde og holde alt oppdatert."

"Mens nettstedet ditt trenger noe mer superheltaktig - hvis det i det hele tatt er et ord - og mindre corporate. Som legendene, de du følger i fotsporene til. Se på noen av nettstedene som er opprettet for dem - og de er fiktive figurer. Tenk hva vi kunne gjøre hvis vi gjorde som dem", sier Arden.

"Som hva da? Jeg vet at dere har noen ideer, så kom med dem", sier E-Z.

"Vel, som dere kanskje har skjønt, har vi gjort litt brainstorming oss imellom. Og vi har satt sammen en prøvewebside - den er ikke live og blir det ikke før du godkjenner den - som viser hvordan siden din kan se ut. Den ligger på telefonen min. Ta en titt og se hva vi mener, og tenk på mulighetene, for vi har gjort dette ganske raskt." PJ trykket på startknappen. De tre lente seg inn.

På skjermen sto det først: "Velkommen til superheltnettstedet til De tre." Deretter zoomet den inn på E-Z i animert form. Han satt som forventet i rullestolen sin, iført svart t-skjorte, blå jeans og et par joggesko.

E-Z strøk seg over håret da han så hvor flaskebørsteaktig den svarte stripen midt i det blonde håret hans så ut. Han klarte aldri å venne seg til det.

"Hva er det på skjorten, buksene og skoene mine? Er det en logo? Og hvordan gjorde du meg til en tegneserie?"

"Ja, det er en logo. Vi syntes at englevingen var kul og passende", sier Arden.

"Vi brukte en app for å gjøre deg til en tegneserie", sa PJ. "Vi redigerte litt på armene dine. Håper vi ikke gikk for langt."

E-Z's så nærmere på den animerte versjonen av seg selv mens han la armene i kors. Nå ble han oppmerksom på de noe kraftigere underarmene, og han ble rød i kinnene. Han så ut som en fjott, en posør. Syntes vennene hans virkelig at han så bedre ut slik?

Han krympet seg i det E-Z på skjermens vinger dukket opp. Han svevde i luften og pekte.

Dette var den første introduksjonen til Lia. Hun ankom også i animert form. Lia var kledd fra topp til tå i en lilla jumpsuit med tutu. Det blonde håret var satt opp i en hestehale, og over øynene hadde hun et par lilla solbriller. Hun så spretten, vennlig og søt ut der hun gikk over skjermen. Hun snudde seg og stoppet opp, som en modell på en catwalk, og poserte.

E-Z fnøs, han kunne ikke dy seg.

"Jeg ser i hvert fall ikke ut som en posør med falske muskler!" sa hun.

E-Z kommenterte det ikke.

Animerte Lia strakte armene fremover med håndflatene vendt mot bakken. Så, voila, snudde hun dem. Det venstre øyet i håndflaten åpnet seg, etterfulgt av det høyre. Synkronisert blinket de. Lia holdt posituren, og så plystret hun gjennom fingrene.

"Skulle ønske jeg kunne gjøre det!" sa hun og prøvde å imitere den animerte versjonen av seg selv.

E-Z plystret.

"Skryt," sa hun og ga ham en albue.

Nå kom Lille Dorrit inn på skjermen. Hun var elegant og feminin og hvit som snø. Enhjørningen fløy bort til Lia, landet og senket hodet slik at den lille jenta kunne klappe henne. Lia hoppet opp, og Lille Dorrit fløy ved siden av E-Z. De svevde og snudde så på hodet.

Dette var Alfreds signal. I tegneserieform så det oransje nebbet hans ut til å glitre i lyset.

Det sto i direkte kontrast til den sukkertøyrøde sløyfen hans. Da han gikk mot Lia og E-Z, knirket svømmehudføttene hans som om de var sugekopper.

"Føttene mine lager ikke den lyden!" sa Alfred.

"Det gjør de også," sa E-Z og smilte, mens Alfred på skjermen bredte ut vingene og fløy bort til sine to kamerater.

De tre stilte seg opp. E-Z sto i midten med Lia til venstre og Alfred til høyre. Så skjedde det. De tre - vel, Lia og E-Z strakte tommelen i været. Alfred på sin side gjorde en vinge opp-gest.

"Dette er pinlig", hvisket E-Z til Alfred.

"Det mener du ikke!"

"Hysj", sa Lia da voiceoveren på skjermen satte i gang. Det var Ardens stemme, men tonen var lavere. Han hørtes ut som en programleder.

"Hvis du trenger en superhelt ... E-Z, Lia og Alfred - også kjent som De tre - står til tjeneste tjuefire timer i døgnet, sju dager i uken. Ring ***-***-**** eller send en melding via sosiale medier.

Når du trenger noen til å hjelpe deg... Ring The Three. De vil være der for deg ... umiddelbart. Du kan stole på dem, for de er de beste du kan møte. Tjuefire timer i døgnet, sju dager i uken... garantert fornøyd."

"Og nå til den store avslutningen", sa Arden.

De tre la armene over brystet. Alfred foldet sammen vingene.

"Øh, det er ikke mulig", sa Alfred.

"Hysj," sa Lia.

Med hakene stukket frem, den ene etter den andre, poserte De tre.

PJ tok en pause.

"Med tanke på det du sa om jurisdiksjoner, må vi kanskje endre denne biten," sa han. Han trykket på startknappen.

"Ingen jobb er for stor eller liten for oss!" sa en datastyrt versjon av E-Zs stemme.

Så gikk en sirkel i midten av skjermen rundt og rundt, som om wi-fi prøvde å finne et signal. Nå fylte ordet BAM! skjermen. Så kom ordet SOCKO!

De så på mens E-Z reddet en katt som satt fast høyt oppe i et tre.

"Å, jøss", sa han.

Stemmen til den animerte figuren hans fortsatte.

"Vi er De tre

Vi er her for deg!

En katt sitter fast i et tre...

Vi skal få ham ned for deg!"

E-Z ble vist mens han overleverte den reddete katten til en familie.

"Det skjedde aldri", sa han.

"Vi tok oss litt poetiske friheter", innrømmet Arden.

"Vi kan fikse alt du ikke liker," sa PJ.

Nå dukket sirkelen opp på skjermen igjen og gikk rundt og rundt. Da den stoppet, ble skjermen fylt av ordet BANG! Etterfulgt av ordet ZIP!

På skjermen reddet den animerte E-Z et fly fullt av passasjerer. Da han satte flyet ned, applauderte hundrevis av ventende tilskuere på rullebanen.

"Sånn skal det være", sa han.

"Hysj", sa Lia.

På skjermen sa E-Z,

"For vi er vennene dine!

Tjenestene våre er gratis.

24/7

Fordi vi er De tre!"

Sirkel igjen, rundt og rundt. Etterfulgt av BINGO! Og BAM!

Nå ble berg- og dalbaneredningen gjenskapt i animert form. Det var veldig bra. Så nøyaktig at de kunne kjenne lukten av sukkerspinn og karamellmais.

"Åh!" sa E-Z.

Lia applauderte.

Alfred ristet nakken fra side til side som om han nylig hadde blitt oversprøytet med veldig kaldt vann.

"Jeg elsker det!" sa Lia. "Og takk for at du tok med favorittfargen min. Hvordan visste du det?"

"Jeg la merke til at du bruker den ofte", sa PJ. Han ble rød i kinnene. "Jeg er så glad for at du liker den."

"Hva synes du, E-Z?" spurte Arden.

Alfred kastet et blikk i E-Zs retning.

"Det var øh," sa E-Z, "øh... en god innsats."

"Middagen er klar, kom og ta den!" ropte Sam.

"La bursdagsbarnet gå først", sa Samantha.

E-Z gikk over gårdsplassen sammen med Alfred.

"Snakk om perfekt timing", sa han.

"Ja, de to er fortsatt tosker", svarte Alfred.

"Men de har hjertet på rett sted. Det er en smart idé, bare litt i overkant for oss."

"Litt?" skrek Alfred.

"Ok, mye, men de gjorde et forsøk. Vi kan beholde det vi liker og kvitte oss med resten."

Da alle hadde spist, satte de seg ved piknikbordet og spiste. Himmelen forandret seg, og klare stjerner fylte himmelen rundt dem. De spiste seg mette, og så tok Samantha frem bursdagskaken hun hadde bakt, og alle sang "Happy Birthday!".

"Tale! Tale!" skrek Arden, og snart sang alle med.

E-Z tenkte seg om i noen sekunder.

"Takk for at dere gjør femtenårsdagen min spesiell. Jeg vil gjerne bruke litt tid på å minnes mamma og pappa og dele et bursdagsminne med dere. Hvis det er greit? Jeg lover å ikke bli sentimental."

Alle nikket.

Samantha har alltid vært sentimental siden hun ble gravid. Enten hun var glad eller lei seg, tørket hun bort en tåre før han i det hele tatt hadde begynt. "Det går bra", sa hun mens Sam la armen rundt henne.

"Det var på femårsdagen min. Jeg ville ikke ha fest, og ba om å få gå på kino i stedet. I stedet for å lese i avisen for å finne ut hva som gikk på kino, bestemte vi oss for å gå dit og bestemme hva vi skulle se på stedet. Uansett sa de at jeg kunne velge, siden jeg var bursdagsbarnet."

Han lukket øynene et øyeblikk.

Han var tilbake i teateret. Der var mamma, kledd i en parkas. Hun hadde på seg øreklokker og gned hendene mot hverandre slik hun alltid gjorde. Mamma brukte alltid hansker og klaget over at hun ble kald på fingrene.

Pappa hadde en knelang blå kåpe over jeansen. Han likte ikke å gå med lue i byen, for det ville ødelegge håret hans. Hendene hans var uten votter. De var stukket ned i jakkelommen sammen med nøklene.

E-Z snuste inn luften. Han kjente lukten av popcorn med smør inne i kinosalen, som ventet på at de skulle gå inn og bestille.

De så på plakatene.

"Hva med den?", sa moren.

"Nei, E-Z foretrekker den?" sa faren.

Han åpnet øynene igjen.

I stedet for å være i hagen sammen med familien og vennene sine, var han tilbake i siloen - igjen. Han hadde ikke vært der siden erkeenglene brøt avtalen.

"Gratulerer med dagen!" utbrøt stemmen i veggen.

Et panel åpnet seg i veggen ved siden av ham, og ut sprang en cupcake. På toppen sto det: "Gratulerer med dagen, E-Z." I midten var det et enkelt lys som allerede var tent.

"Kos deg!" sa stemmen og la kniv og gaffel på bordet ved siden av ham.

"Takk", sa han. "Hvorfor er jeg her?"

"Ventetiden er fire minutter", sa den irriterende stemmen. "Vennligst bli sittende."

Som om han hadde noe valg.

KAPITTEL 1

BURSDAG AVBRUTT

E-Z RØRTE IKKE CUPCAKEN foran seg, selv om den både luktet og så god ut. Han lurte på hva som foregikk på festen hans. Han visste i hvert fall at de ikke kunne skjære opp kaken før han hadde blåst ut lysene og ønsket seg noe. En eller annen bursdagsfest hjemme når han ikke engang var der!

"Få meg ut herfra!" ropte han. "Jeg går glipp av min egen femtenårsfest, og jeg var midt i å fortelle en historie."

Taket på siloen gapte opp, og Eriel svevde mot ham som et lyn i stormen.

"Det er godt å se deg igjen, tidligere protesjé," sa han.

"Følelsen er ikke gjensidig. Hvorfor er jeg her? Jeg trodde jeg var ferdig med dere, og det er bursdagen min - jeg må tilbake til det."

"Ja, jeg beklager tidspunktet - men vi kunne ikke la bursdagen din passere uten i det minste å ønske deg en god dag."

"Takk, tror jeg."

"Og siden du først er her, kan du jo spise bursdagskaken din. Og ikke glem å ønske deg noe - du trenger all den hjelpen du kan få!" sa erkeengelen og fniste.

Ved siden av E-Z åpnet et vindu seg, og en mekanisk arm kom ut med en fyrstikk i hånden. Den satte fyr på veken og trakk seg så raskt inn i veggen igjen at fyrstikken sluknet av seg selv.E-Z så på det flakkende lyset. Han lurte på hva den siste kommentaren betydde, men skjønte at Eriel drev gjøn med ham. Hjernen hans ble helt tom. Han kom ikke på en eneste ting å ønske seg. Bortsett fra at han var tilbake i huset sammen med venner og familie for å feire bursdagen sin. Da han blåste ut lyset, brøt Eriel ut i sang. Det var en forrykende gjengivelse av "For han er en jolly good fellow, det kan ingen nekte for."

"Ikke ta det ille opp", sa E-Z, "men det er meningen at du skal synge "Happy Birthday"."

"Det er tanken som teller", sa Eriel. "Nå som vi er ferdige med bursdagsdelen av besøket ditt, vil vi gjerne vite om du har løst gåten ennå?"

"Gåten? Hvilken gåte?"

"Ja, vi foreslo at du skulle prøve å finne sammenhenger - i de tidligere forsøkene dine. Husker du at vi sa at vi ikke ville mate deg med skje? Har du lyktes med det?"

"Å, det virket ikke som en prioritet eller gåte for meg å løse, særlig siden dere trakk dere fra tilbudet. Men ja, jeg skrev i notatboken min og noterte ned hva vi har gjort så langt, og jeg så et par forbindelser til spill, men det var bare tilfeldigheter."

"Tilfeldig! Absolutt ikke. Hendelsene henger sammen - det kan hvem som helst se!" sa Eriel og holdt stemmen lav for ikke å miste besinnelsen.

"Beklager, men tilfeldigheter skjer hele tiden. Vet du hvor mange barn som spiller dataspill? Jeg søkte på nettet. I 2011 sto det at nittioen prosent av alle barn mellom to og sytten år spiller hver eneste dag. Det er omtrent sekstifire millioner barn på verdensbasis."

"Ah, så du har funnet ut av det. Det er bra. Er det noe mer du har funnet ut om det? Eller er det noe som bekymrer deg? Er det noen grunn til at du bør forske mer - forskning er bra. Initiativ er veldig, veldig bra."

"Nei, jeg er ganske opptatt med andre ting - skole og sånn. Dessuten, hvis du vil at jeg skal forfølge det videre, må du først overbevise meg om at det er noe mer enn en tilfeldighet. Jeg sjekket ut litt mer statistikk. Det er for eksempel flere jentespillere enn noen gang før. Mange av dem har startet bedrifter på YouTube og tjener til livets opphold. Ikke barn, selvfølgelig, men ifølge statistikken jeg leste på nettet, er 46 % av gamerne jenter i 2019."

Eriel slo den lange, knoklete fingeren på haken, som om han grublet over det E-Z hadde fortalt ham. "Jeg er imponert igjen. Synes du ikke statistikken er bekymringsfull?"

"Nei, det gjør jeg ikke." Han pustet dypt inn og mistet tålmodigheten med å gå glipp av bursdagen sin. "Er det viktig at vi gjør dette i dag? Kan du ikke ta meg med hit en annen gang? Ingenting av det vi snakker om, høres kritisk ut."

Eriel sluttet å banke og løftet høyre øyenbryn. Han stirret på bursdagsbarnet.

"Eller er det?" spurte E-Z.

Eriel ventet med å svare. Han snurret tungen rundt ordene, som om han hadde problemer med å få dem ut. Han hevet stemmeleiet til sopran og sa: "An-y-thin-g el-se a-bou-t tho-se t-wo in-ci-de-nts? An-y-thin-g to ca-use a-l-a-rm? For å s-sette en f-ire un-der deg?"

E-Z ønsket at Eriel skulle si det rett ut og komme til poenget. Han ville ikke dumme seg ut ved å si det åpenbare eller ta feil.

"Raphael hadde rett, du er ganske tjukk i hue."

"Hei!" ropte E-Z. "Hvis du trenger min hjelp, gjør du det på en veldig merkelig måte." Han kjørte fingeren gjennom glasuren på cupcaken og sugde på fingeren. Det smakte godt, som sukkerspinn. "Å drepe. Den ene prøvde å drepe meg, og den andre drepte folk i en butikk. Begge sa at motivene var relatert til spill."

"Midt i blinken", sa Eriel.

"Og?"

"Glem det!" Eriel forsvant gjennom taket og sang: "Tykk som en murstein, tykk som en murstein, tykk som en murstein, tykk som en murstein."

E-Z løftet nevene i været. "Kom tilbake hit og si det til meg!"

Eriels latter runget og prellet av mot veggene.

PFFT.

"Øh, takk", sa E-Z, og så befant han seg hjemme igjen, på festen sin. Alle var opptatt, spilte spill, gjorde sine egne ting - som om han ikke var der i det hele tatt - noe han ikke hadde vært.

Han så på Sam mens han spilte stigeball. Han var ikke spesielt god til dette, men E-Z gikk bort og så på det andre forsøket hans likevel. Etter at han hadde kastet ferdig og bommet fullstendig på målet, gikk han bort til nevøen.

"Jeg ser at du fremdeles jobber med å få teken på dette spillet", sa E-Z.

"Ja, det er noe man må lære seg. Hvor ble det av deg, forresten?"

"Eriel ville blant annet gratulere meg med dagen."

"Det var snilt av ham. Ikke sant?"

"Vel, du kjenner Eriel. Han gjør aldri noe uten et motiv. I dette tilfellet ville han at jeg skulle skape en forbindelse basert på et minne."

"Et minne om hva? Foreldrene dine? Ulykken?":

"Nei, han ville at jeg skulle se en sammenheng mellom to av de som sto bak rettssaken. Og det gjorde jeg forresten. Så gikk han og sa at jeg var dum som et brød."

"Så frekt!" utbrøt Lia. Hun hadde hørt på siden hun kjedet seg til døde under ballkastingen.

"Og på bursdagen din også", sa Alfred. Han var enda mer håpløs enn Sam, siden han måtte kaste ballene med nebbet.

"Vil du prøve?" spurte PJ og ga ballen til E-Z, som flyttet stolen sin foran målet og kastet ballen. Den traff det øverste trinnet, snurret rundt et par ganger og landet i topposisjonen.

"Det er slik man gjør det!" sa Sam.

"PJ og jeg har kastet på den måten gjennom hele kampen", sa Arden.

"Men du er jo ikke nevøen min", svarte Sam.

Festen fortsatte til det ble for mørkt til å leke flere leker, og alle bestemte seg for ikke å synge med. PJ og Arden dro hjem, mens E-Z og resten av gjengen gikk og la seg.

KAPITTEL 2

TRØBBEL

To dager etter E-Zs bursdagsfest fikk PJ og Arden litt problemer.

Det var Lia som fikk et syn om at noe var galt. Hun fortalte Alfred og E-Z om synet: "Det var som om de var i transe. Og begge satt ved skrivebordene sine og stirret på tomme dataskjermer."

"Det er ikke noe uvanlig med det", sa E-Z. "De spiller ofte spill sammen. "De spiller ofte spill sammen, og kanskje de sov."

"Med åpne øyne?"

"Ok, la oss gå bort dit," sa E-Z.

"Det er midt på natten!" utbrøt Alfred.

"Men det er best vi sjekker det ut."

De tre snek seg ut av huset og bestemte seg for å gå til PJ først, siden det var nærmest.

"Jeg tror ikke foreldrene hans kommer til å sette pris på et så sent besøk", sa Alfred.

"De kommer til å forstå", sa Lia mens hun ringte på ytterdøren.

Et øyeblikk senere åpnet en svært søvnig mann døren i pysjamas og gned seg i øynene - PJs far.

"Hvem er det?" ropte moren fra innsiden.

"Det er vennene til PJ", sa faren. "Er det noe i veien?"

"E-Z", sa E-Z, "beklager at vi forstyrrer, men vi må snakke med PJ. Det haster."

"Da er det best dere kommer inn", sa PJs far.

KAPITTEL 3

TIDLIGERE...

TIDLIGERE PÅ KVELDEN HADDE PJ og Arden jobbet med superheltnettstedet. De hadde oppdatert informasjon og lagt til noen nye elementer.

Tidligere ble det sendt en e-post til innboksen når noen ba om hjelp. Neste gang noen logget seg på, så de den og svarte deretter. Med det nye systemet vil E-Z, Arden og PJ motta tekstmeldinger umiddelbart.

I tillegg ville personen som ba om en forespørsel, få et automatisk svar med tidsstempel. PJ og Arden var sikre på at denne automatiserte oppgraderingen ville øke tilliten og gi mer trafikk til nettstedet.

PJ og Arden opprettet også en YouTube-kanal med en podcast. Dette var noe nytt de hadde funnet på under en idédugnad. De gledet seg til å fortelle E-Z om det. Det ville være en utmerket måte å øke The Three's tilstedeværelse på nettet på. De opprettet også et Community Board for åpne diskusjoner.

Systemet kategoriserte også innkommende meldinger. For eksempel å redde en katt fra et tre. The Three hadde mottatt flere forespørsler om denne tjenesten. Siden de lokale tjenestemennene var bedre rustet til å besvare slike henvendelser, gjorde PJ og Arden det til en blå kode.

En kode blå betydde at katten allerede var reddet da E-Z kom frem for å redde den. En kode blå indikerte at han burde vente for å se om situasjonen var løst før han dro ut.

En kode gul kunne være at noen hadde glemt nøklene eller låst dem inne i bilen. Igjen, da E-Z kom frem, var situasjonen allerede løst. Igjen var rådet å vente og sjekke før man dro ut.

Ved å kategorisere blått og gult kunne E-Z og teamet hans fokusere på de viktigste meldingene, nemlig de røde.

En rød kode var når liv eller lemmer sto i fare. Siden nettstedet ble opprettet, hadde The Three mottatt null henvendelser i denne kategorien.

Fornøyde med hvor mye de hadde oppnådd, bestemte de seg for å avreagere litt. De ble med i et flerspillerspill.

"Tre jenter", skrev PJ til Arden.

"Vi kan ta dem!" svarte han.

Spillet begynte, og til å begynne med gikk alt som det alltid gjorde. De banket jentene, gikk opp nivå etter nivå og drepte alt de så. Men plutselig stoppet alt opp.

KAPITTEL 4

PJ'S PLACE

Nå GIKK DE TRE og PJs foreldre nedover korridoren og inn på rommet hans. Det de så, var stort sett som Lia hadde forestilt seg. Forskjellen var at dataskjermen fortsatt var på. Den blinket og flimret mens PJ så ut til å sove tungt.

"Hva feiler det ham?", spurte PJs mor. spurte PJs mor. "Han burde ligge i sengen og sove. Se på holdningen hans. Han er nok dehydrert. Jeg henter et glass vann til ham."

PJs far gikk gjennom rommet og ristet på sønnens skuldre. Han forventet at sønnen skulle våkne, men det gjorde han ikke. I stedet skled han ned i stolen og ville ha falt i gulvet hvis ikke faren hadde tatt imot ham. Han bar sønnen og la ham i sengen.

PJs mor kom tilbake, satte vannet på sidebordet og la leppene mot sønnens panne. "Ingen feber", sa hun.

PJs far løftet sønnens høyre øyelokk og så at bare det hvite i øynene var synlig. "Ring 911", utbrøt han.

"Nei, jeg synes vi skal ringe fastlegen vår, doktor Flannel", sa PJs mor. "Han har vært her på hjemmebesøk før. Når det har vært en nødsituasjon - og dette er definitivt en nødsituasjon."

"Mrs. Handle", sa E-Z, "det kommer til å gå bra med ham."

"Selvsagt," svarte hun, mens Mr. Handle gikk ut av rommet for å ringe doktor Flannel."

Da han kom tilbake, ventet de alle sammen stille og så på PJ mens han sov. Som om de forventet at han skulle hoppe opp og begynne å tulle. Det ville være typisk ham å spille opp. Å lure dem.

Mr. Handle var urolig og hoppet opp og ned med beinet mens han satt. Han reiste seg, gikk gjennom rommet og bøyde seg ned for å se på harddisken. Han løftet foten som om han skulle sparke til den, men ombestemte seg i siste liten og trakk ledningen ut av stikkontakten.

De så på mens Mr. Handle begynte å skjelve i hele kroppen, helt til han slapp støpselet. Han snudde seg og gikk mot dem. Bak ham strømmet det røyk ut av harddisken. Sekunder senere sprakk skjermen.

"Ta brannslukningsapparatet!" ropte Alfred, men E-Z hadde allerede tatt glasset med vann og kastet det på boksen. Det freste og slo seg sammen med skjermen, som begge var helt døde.

PJs mor løp bort til mannen sin og hjalp ham med å sette seg ned. "Legen kan ta en titt på deg også når han kommer", sa hun. "Du er så heldig. Jeg orker ikke at dere begge er skadet."

"Jeg har det bra," sa Mr. Handle.

Men for De tre så han ikke bra ut. Han var blek, litt grønn og litt grå.

"Ikke noe oppstyr", sa Mr. Handle. "Takk for at du tenkte så raskt, E-Z." Så sa han til kona: "Bra at du tok med vannet."

"PJ kommer til å bli veldig sint når han ser at datamaskinen er ødelagt."

"Så, så", sa Mr. Handle. "Han kommer til å forstå."

Han følte seg tydeligvis bedre, for De tre la merke til at han pustet normalt igjen, og at han var blek.

Siden alt virket i orden, nevnte E-Z Arden. "Mens dere venter på legen, må vi se til Arden. Vi tror han kan være i en lignende tilstand."

"De leker ofte sammen, men hva i all verden kan ha forårsaket dette?" spurte Mr. Handle.

"Jeg vet ikke, men har du noe imot at jeg går og ser til Arden?"

"Bare gå du," sa fru Handle.

"Lia blir her hos deg", sa E-Z. "Hun kan holde oss underrettet. "Hun kan holde oss underrettet, og hvis du trenger oss, kommer vi straks tilbake."

"Takk, E-Z, og Alfred", sa Mr. Handle og fulgte dem til inngangsdøren.

KAPITTEL 5

ARDEN'S PLACE

E-Z OG ALFRED VAR på vei hjem til Arden. Før de rakk å banke på, åpnet Ardens far, mr. Lester, døren.

"Hvordan visste du det?" spurte han.

E-Z kunne ikke fortelle ham sannheten. I stedet improviserte han en løgn. "Jeg har vært bestevenn med Arden hele livet, så jeg vet på en måte når noe er galt. Kan jeg få snakke med ham?"

"Klart det, kom inn på rommet hans", sa Ardens mor Mrs. Lester. "Ikke vær redd. Han sover bare. Det går bra med ham i morgen tidlig."

Mr. Lester tok sin kones hånd og førte henne ned i gangen til Arden som lå og sov.

"Å," utbrøt Alfred da han fikk øye på ham. "Han ser ut som om han er i sjokk."

"Se under øyelokkene hans", sa Lester.

E-Z trakk vennens øyelokk bakover. PJs pupill var synlig, men den var større og så ut som om den kunne eksplodere ut av øyehulen når som helst. Han lukket øyelokket over den igjen.

Alfred Hoo-hoo'd. Det var det Lesters hørte. Det han sa, var: "Hva i all verden kan forårsake det? Frykt? Eller noe mer alvorlig som et anfall?"

E-Z trakk på skuldrene uten å svare. Lesters var redde og stresset nok fra før, og i tillegg ville de bare gjette.

"Hvor fant du ham egentlig?" spurte E-Z.

"Han satt foran datamaskinen sin", sa fru Lester.

"Var skjermen på?", spurte han.

"Ja, det var den," sa herr Lester. "Vi har ringt til familielegen vår. Han er opptatt akkurat nå, i en annen samtale, men han kommer tilbake til oss."

"De har allerede ringt en lege hos PJ, en doktor Flannel. La meg ringe Lia og høre om han har stilt en diagnose ennå."

"De er nesten like," sa han.

"Hva mener du med nesten?"

Han trillet ut av rommet. Det var ingen grunn til å bekymre familien Lester mer enn de allerede gjorde. Han hvisket inn i telefonen: "Pupillene er fortsatt synlige, men de er enorme. Som sår som er i ferd med å sprekke!"

"Så ekkelt!" sa Lia. "Kanskje han burde dra til sykehuset?" "De har ringt til fastlegen, men han er ikke tilgjengelig. Så gi meg beskjed så snart dr. Flannel har sagt sin mening, så skal jeg gi den videre. Det kan være lurt å fortelle ham om Ardens øye og høre om han anbefaler umiddelbar sykehusinnleggelse."

"Det skal jeg gjøre. Jeg tar kontakt."

Han forklarte alt for familien Lester. De stirret frem for seg med tomme ansikter. Han var bekymret for hvordan de tok det hele.

"Er det noen som vil ha en kopp te?", spurte fru Lester. spurte fru Lester.

"Nei takk", sa E-Z. Mrs. Lester var en av de mødrene som mente at te kunne løse de fleste problemer.

Mr. Lester fulgte etter sin kone inn på kjøkkenet.

"Pleier du ikke å være med på lekene deres?", spurte Alfred. spurte Alfred nå som han og E-Z var alene med Arden.

"Noen ganger," sa E-Z, "men i det siste har jeg brukt all ledig tid på å skrive. Jeg får ikke mye tid for meg selv for tiden."

"Det er forståelig. Beklager hvis jeg er for mye her."

"Nei, det går bra. Jeg må bli mer organisert. Skolearbeidet blir stadig mer komplisert, vi er jo på vei mot en karriere og en eksamen. De vil at vi skal vite hvor vi skal, og vi vet ikke engang hvor vi er ennå."

"Jeg husker den tiden, men du kommer til å finne ut av det. Jeg er uansett glad for at du ikke spilte spillet med dem - ellers hadde du kanskje vært i samme situasjon som dem."

"Det er sant. Jeg kan ikke forestille meg hva som skulle skremme dem så mye ... hvis det var det som skjedde. Jeg mener, en lek er en lek - ikke virkeligheten. Det må ha vært litt av en konkurranse."

Ekteparet Lester gikk tilbake til sønnens rom.

"Hva har skjedd?" Mrs. Lester skrek.

Ardens øyelokk var nå åpne og avslørte et hvitt indre. I likhet med PJ var pupillene hans forsvunnet.

E-Z fikk en følelse av déjà vu da mr. Lester gikk gjennom rommet og bøyde seg ned for å trekke ut støpselet.

"Stopp!" ropte E-Z. "Ikke rør den!"

Mr. Lester stivnet på stedet.

"Mr. Handle fikk nesten elektrisk støt da han tok på den. Det beste er å la den være i fred."

"Gudskjelov at du var her og advarte meg", sa Lester.

"Ja, takk, E-Z. Jeg hadde ikke klart det hvis både sønnen min og mannen min ble skadet. Jeg kunne bare ikke." Hun gikk gjennom rommet og la armene rundt mannen sin.

"Etterpå krasjet datamaskinen hans, skjermen sprakk, og det kom røyk ut av den", forklarte E-Z. "Så PJs datamaskin er i ferd med å gå i stykker. "Så PJs datamaskin er svidd, stekt - ristet. Ardens datamaskin er derimot fortsatt intakt. Hvis vi finner ut hvordan vi kan komme oss inn i den - på en trygg måte - kan vi kanskje finne ut hva som har skjedd med dem. Først må jeg ringe onkel Sam og be om hjelp. Han er en teknisk IT-fyr, så han vet hva vi skal gjøre."

"Vent", sa fru Lester. "Sier du at både PJ og Arden er de samme?"

Han nikket.

"Jeg har alltid sagt at datamaskiner er onde!" sa hun. "Arden er en idrettsutøver. Han burde ha vært ute og drevet med idrett, ikke sittet ved datamaskinen og kastet bort tiden sin." Hun hulket mot mannens bryst, og han holdt rundt henne.

"Det er nødvendig med datamaskiner på skolen", sa Lester. "Sønnen vår har ikke gjort noe galt, og jeg er sikker på at han snart er seg selv igjen. Han trenger bare å sove litt. Litt hvile, det er alt. Han kommer til å bli bra igjen."

Alfred Hoo-hoo'd.

E-Z fikk en melding på telefonen. "Lia sier at doktor Flannel ba dem la PJ være der han er. Han sa at øynene hans skulle rulle tilbake til det normale av seg selv. Han sier at PJ ikke ser ut til å ha smerter. Hjerteslag og puls er normale. Han trenger hvile."

"Takk," sa Mr. Lester.

"Takk for at dere kom innom", sa fru Lester. "Vi skal gi beskjed hvis det skjer noen endringer."

E-Z og Alfred dro etter et langt besøk og møtte Lia, og de gikk hjem sammen.

"Jeg kan ikke la være å lure på", sa E-Z, "om dette med PJ og Arden er ment å være en prøve. Eriel antydet at jeg burde være bekymret for noe. At jeg til og med burde ønske å forfølge det. I så fall vet jeg ikke hvordan jeg skal løse det. Har du noen ideer? Bortsett fra å få onkel Sam til å hjelpe oss med å komme inn i Ardens datamaskin, er jeg helt på bar bakke."

"Det er merkelig, hvis det er en rettssak", sa Alfred. "For rettssaker hører fortiden til, ikke sant?"

"Jo, men hvis PJ og Arden er skadet, har jeg ikke noe annet valg enn å involvere meg. Selv om erkeenglene brøt avtalen vår."

"De virker begge så ute av det. Hva forventer de at du skal gjøre? Du har jo ikke akkurat helbredende krefter eller noe", sier Alfred.

"Men det har jo DU!" sa Lia.

"Jo, men bare når de er brukbare. Jeg prøvde å kommunisere med tankene deres. Men det var som om de var tomme. Jeg kunne ikke nå dem. For å helbrede dem måtte det være en slags forbindelse. Og det fantes ikke noe jeg kunne kommunisere med.

"Jeg spør meg selv om jeg skal be om hjelp fra Ariel. Hun er naturens engel. Kanskje det er noe hun kan foreslå, eller noe hun kan gjøre som jeg ikke kan."

"Det er en lovende idé", sier E-Z.

WHOOPEE

Ariel kom.

"Hva skjer?" spurte hun.

Alfred forklarte situasjonen.

E-Z spurte om dette var en rettssak som erkeenglene prøvde å snike inn i ettertid.

"Uansett må du hjelpe vennene dine", sa hun. "Du vil hjelpe dem, ikke sant?"

"Selvfølgelig vil jeg det, men hva jeg må gjøre, hva jeg må gjøre i en rettssak, er vanligvis mer åpenbart."

"Har jeg ikke hørt rykter om at du ikke er i stand til å ta initiativ?" spurte Ariel.

"Antyder du", spurte E-Z og holdt stemmen lav for ikke å miste besinnelsen. "At erkeenglene har lagt vennene mine i koma for å teste initiativkraften min?"

Ariel smilte. "Nei, jeg antyder ikke noe slikt. Men hvis det var en prøve, hva ville du gjort for å hjelpe dem?"

"Når jeg blir stilt overfor en prøve, setter hjernen min i gang. Jeg vet hva jeg skal gjøre for å løse den, og så gjør jeg det. I dette tilfellet aner jeg ikke hva jeg skal gjøre. De er i medisinsk fare. Jeg er ikke lege."

Ariel la armene i kors. "Hva prøvde du, Alfred?"

"Jeg prøvde å få kontakt med begges sinn. Vanligvis er det slik at hvis jeg kan helbrede mennesker eller skapninger, er det en forbindelse som ikke har blitt brutt av en ytre kraft. I begge tilfellene var det som om døren hadde blitt smekket igjen, og jeg klarte ikke å bryte gjennom den."

"Da har du besvart ditt eget spørsmål," sa Ariel. "Er det noe mer jeg kan hjelpe deg med?"

"Du var ikke akkurat til hjelp", sa Lia.

Alfred ba om unnskyldning.

WHOOPEE

Og Ariel var borte.

"Du burde ikke snakke sånn til henne," sa Alfred. "Hvis hun kunne ha hjulpet oss, ville hun ha gjort det."

"Beklager, men det er frustrerende når de ikke vet mer enn oss. De er erkeengler! De burde vite noe vi ikke vet, hva er ellers vitsen med dem?" spurte Lia.

"Mener du at Haniel alltid er i stand til å løse alle problemer?"

Lia trakk på skuldrene. "Jeg har ikke hatt mange å diskutere."

E-Z sa: "Eriel er ubrukelig. Hver gang jeg har bedt ham om hjelp, har han nektet å hjelpe meg. Ja, han ga råd. Ba meg finne ut av det selv.

"Som da han tilkalte meg forrige gang, antydet han en slags konspirasjon, eller forbindelse, som han kalte det.

"Da jeg gjettet hva det var - å spille spill - at det var en forbindelse, var han fortsatt ubrukelig. Jeg skulle ønske de ville si det. Uansett, så kan jeg konsentrere meg om å få de to vennene mine ut av denne situasjonen."

"Skjønner du hva jeg mener?" sa Lia. "Alle erkeenglene er helt ubrukelige."

"Haniel hjalp deg da du skadet øynene dine", minnet Alfred henne på.

Lia snudde ryggen til ham.

"La oss håpe at legen hadde rett, og at de begge er seg selv i morgen tidlig," sa E-Z. "Det er alt vi kan gjøre."

Da de kom hjem, gikk de ut i hagen. De hilste på Lille Dorrit, så på soloppgangen og snakket om hva de skulle gjøre videre.

E-Z gikk gjennom et par ting som hadde plaget ham. I Det hvite rommet hadde de oppmuntret ham til å se sammenhengen. Senest hadde Eriel hjulpet ham med å snevre det inn.

Han gikk gjennom alt jenta i butikken hadde fortalt ham. Hvordan hun hadde tatt gisler, som i et spill. Hvordan hun hadde på seg et kostyme, slik at hun så ut som en dusørjeger i spillet.

Deretter gikk han gjennom detaljene om gutten utenfor huset hans. Gutten hadde sagt rett ut at han hadde blitt sendt ut for å drepe E-Z av stemmer i spillet, og at familien hans ville bli drept hvis han ikke gjorde det.

Så tenkte han på Eriel og de andre erkeenglenes innblanding i rettssakene. Nå var PJ og Arden involvert.

Ville erkeenglene trekke dem inn for å få tak i ham? Var det hans feil - at han var for treg til å løse gåten de hadde gitt ham? Erkeenglene sa at de var ferdige med ham. De hadde avlyst prøvene, og han var glad for å slippe dem. Hvorfor var de tilbake og prøvde å skape en ny forbindelse med ham? Det kunne ikke være tilfeldig.

Han åpnet munnen for å fortelle Alfred og Lia hva han tenkte på, men i stedet landet han i siloen igjen. Men denne gangen var beholderen ikke laget av metall, men av glass, og han var uten stolen sin.

KAPITTEL 6
OPPSIDE NED

E-Z HANG OPP NED i en glassboble og betraktet jordens grønne, grønne gress. Han befant seg høyt der oppe, og han hadde så vondt i hodet at han fryktet at det skulle sprekke og sprute ut over hele beholderen. Men heldigvis var det noe som holdt ham oppe. Hva det var, visste han ikke.

I motsetning til de andre gangene han hadde vært i siloen, var han ikke sikret (eller stolen var ikke festet). Det andre som bekymret ham når han hang opp ned, var at han ikke ville se Eriel komme. Han ville heller ikke kunne kjenne lukten av ham.

Så snart han tenkte på Eriel, forskjøv beholderen seg. Han var redd for å falle. Han ville gripe tak i noe, men det var ingenting å gripe tak i, bortsett fra luften. Han slo armene rundt seg selv. Så kjente han bevegelse. Glaskammeret dreide seg hundreogåtti grader med klokken. Hodet føltes straks bedre og klarere, og han konsentrerte seg om å komme seg ut. Jo før, desto bedre.

Men det var for sent, for tingen beveget seg og snudde seg hundreogåtti grader til. Dermed var han tilbake der han startet.

"Howdy, Doody," skrek Eriel mens han presset ansiktet mot glasset. Så banket han på og sang: "Slipp meg inn, slipp meg inn."

"Få meg ut herfra!" skrek E-Z.

"Ro deg ned," ropte Eriel. "Du er her fordi jeg er så snill. Jeg ville personlig fortelle deg at vennene dine er i fare."

"Mener du PJ og Arden?" Eriel nikket. "Det vet jeg allerede! Din store klovn!"

"Stokker og steiner kan knuse beina mine, men navn kan aldri skade meg", sang Eriel.

"Hvis du ikke får meg ut herfra - med en gang - skal jeg gjøre mer med deg enn pinner og steiner kan gjøre!"

Eriel slo den beinete fingeren mot haken. Han var tross alt fortsatt på rett side, noe som var en fordel i forhold til perspektivet E-Z befant seg i.

"Jeg vil at du skal vite at selv om vennene dine er i fare, trenger du ikke å bekymre deg. De er ikke i superheltfare." Han tok en pause. "En liten fugl fortalte meg at du tror at vi prøver å unndra deg enda en rettssak... men det gjør vi ikke. Overlat dem til skjebnen."

"Hva mener du med at de ikke er i superheltfare?" skrek E-Z.

Eriel forsvant, og glassbeholderen falt ned. Han slo ut med armene og stabiliserte seg. Den falt ned igjen. Slik fortsatte det, helt til han var sikker på at skallen hans snart ville sprekke som et egg på fortauet.

Så fikk han øye på Alfred, som satt og nappet i gresset i utkanten av plenen.

"Hei!" ropte E-Z. "HEI!"

Alfred sluttet å spise og vralte bort. Han tok inn synet av vennen sin som hang opp ned i en glassboble.

"Hva gjør du der inne?" spurte trompetersvanen.

"Eriel!" utbrøt E-Z.

"Nå er det nok sagt. Jeg går og vekker Sam. Jeg håper han vet hva han skal gjøre for å få deg ut derfra."

"God idé, og be ham hente stolen min."

Mens han ventet, forbannet E-Z seg selv. Han hadde gått glipp av muligheten til å kreve mer informasjon fra Eriel. Han hadde oppført seg som et offer. Han hadde sviktet sine to beste venner.

Han formulerte en plan. Når jeg kommer ut herfra, skal jeg finne Eriel og tvinge ham til å fortelle meg hvordan jeg kan redde PJ og Arden. Jeg skal få ham til å sverge på at han aldri skal sette meg i denne situasjonen igjen.

Vent nå litt. Hvis PJ og Arden ikke var i superheltfare, hva var det da? Hva slags fare var de i? Måtte de i det hele tatt reddes? Eller hadde doktor Flannel rett i at de snart ville komme over det og bli seg selv igjen?

Han likte ikke utsagnet om å overlate dem til skjebnen. Han mente at vi skaper vår egen skjebne, og de to vennene hans lå i koma. De kunne ikke noe for det, så han skulle hjelpe dem. Uansett hva Eriel sa.

Til slutt kom onkel Sam ut med et stort verktøy i hånden. "Det er en glasskutter", sa han. "Jeg visste at den ville komme til nytte en dag da jeg kjøpte den på en av de der reklamefilmene på TV. De sa at den kunne skjære gjennom glass som smør. La oss se om det var falsk reklame." Han skar rundt bunnen. Langsomt. Forsiktig.

"Hei, skynd deg, jeg kveles her inne! Hvis solen står opp, blir jeg stekt."

"Tålmodighet, kjære gutt," kurret Alfred.

"Nesten ferdig", sa Sam. Han sto på knærne og beveget seg fremover mens kutteren skar opp bunnen av beholderen. I mellomtiden nippet knærne på pysjen hans fra den duggvåte plenen. "Jeg antar at Eriel hadde noe å gjøre med at du var der inne?"

"Ja."

Sam klippet ferdig, slapp nevøen og hjalp ham opp i rullestolen.

"Takk, onkel Sam."

"Ingen årsak. Kan du forklare nå?"

"Jeg er for trøtt. Og jeg er for irritert til å forklare. Kan vi gjøre dette i morgen tidlig?"

Solen blør rødt mens den presser seg oppover horisonten.

Om noen timer måtte E-Z se til vennene sine. Han håpet at de hadde det bra. At de var tilbake til normalen. Da ville han ikke behøve å tenke mer på det. Hvis ikke ... hvis de ikke var det. Uansett ville alt bli bedre etter at han hadde fått litt søvn.

"Jeg kan forklare alt for ham", tilbød Alfred.

"Hva vet du om det? Jeg måtte kjefte på deg for å få oppmerksomheten din."

"Å, jeg så alt sammen. Hva tror du jeg gjorde her ute? Jeg ventet på at du skulle be om hjelp. Jeg ville ikke forstyrre Eriel-tiden din."

"Avbryte. Veldig morsomt. Ok, informer ham. Jeg går og sover litt. Jeg er for trøtt til å tenke mer." Han trillet opp rampen og inn i huset og la seg i sengen fullt påkledd.

E-Z drømte at han fylte sju år. Foreldrene hadde leid ut den innendørs virtuelle spillparken. Han hadde invitert tolv barn, så de var tretten i alt, og det ene laget måtte ha en ekstra spiller. Siden det var hans dag, ble lagene satt sammen, og den siste som ble plukket ut, kom på laget hans. De kalte seg Ball Breakers. Det andre laget, ledet av Kyle Marshall, kalte seg Bat Shitz.

"Du kan ikke bruke det navnet", skjelte E-Zs lag ut. "Det er praktisk talt et banneord."

"Ah, tenk deg om", sa Marshall. "Det staves Shitz. Vi er oppkalt etter hunden min. Hun er en Shitz-hu."

"La oss leke", sa E-Z.

PJ og Arden var på E-Zs lag. Laget til tornadotrioen ga Bat Shitz' lag juling helt til de var for slitne til å røre seg.

"Maten er servert", ropte E-Zs mor. Foreldrene ventet i den tilstøtende restauranten. De hadde bestilt en rekke pizzaer, bøtter med brus og til slutt en kake med stearinlys.

Barna forlot spillområdet sammen. Snart oppdaget Arden at han hadde glemt igjen baseballcapsen sin.

"Jeg kan ikke legge den igjen! Jeg må tilbake!"

"Vi blir med deg", sa E-Z. "Gi meg et øyeblikk til å si fra til mamma."

"Jeg skal si ifra til henne", sa Kyle, som var i nærheten.

E-Z, PJ og Arden gikk tilbake. Da de ikke fant hetten, fortsatte de å gå.

"Den må være her et eller annet sted!" sa Arden.

"Jeg trodde ikke at den var så langt unna," sa E-Z.

"De gribbene kommer til å spise opp all pizzaen før vi kommer tilbake", sa PJ.

"Slapp av, fru Dickens vil spare litt mat til oss. Hun vet at vi ikke blir lenge."

Korridoren utvidet seg til en annen bygning, et annet sted. Foran dem sto en gigantisk giljotin. Øverst, over bladet, sto Ardens cap. På selve bladet var det et skilt. Det dryppet fortsatt rød maling, eller blod. Det sto: "Hodet skal her."

"Drømmer vi?" spurte Arden. "For jeg trenger ikke baseballcapsen min så sårt."

"Hør her. Stemmer", sa E-Z.

Hvisking, veldig stille, men mumling. Først var det en enslig kvinne. Så sluttet en annen seg til, til en duett. Så sluttet en annen seg til og dannet en trio. Hviskingen ble til en sang.

"Jeg skjønner ikke hva som blir sagt", sa PJ.

"Hysj", sa E-Z og holdt fingeren mot leppene.

Mens stemmene sang,

"B-link og du er død.

B-link og du er død.

B-link and you're dead, B-link and you're dead", til melodien av "Happy Birthday to you".

"Det er skummelt!" sa PJ.

"La oss gå tilbake", sa Arden da døren de hadde kommet inn gjennom, smalt igjen, og skrittene ga ekko i korridoren.

Skrittene ble høyere.

KLANK. KLANK. KLANK.

Ringbrynjer. Kommer nærmere. Støvletter. En soldat. En svært høy skikkelse med hette. Han bar på noe sølvfarget: en knivsliper.

Da han nådde foten av giljotinen, dro den hettekledde skikkelsen en fjær opp av lommen. Han satte den mot knivbladet. Den skar gjennom det som smør. Likevel gikk han videre og slipte det ytterligere. Mens han slipte kniven, nynnet han under pusten, som om han nøt arbeidet.

"Som om giljotinbladet ikke er skarpt nok!" hvisket PJ. "Få meg ut herfra!"

Arden løp mot døren og begynte å hamre på den. "E-Z, du må få oss ut herfra! Du må hjelpe oss! Vær så snill, hjelp oss!"

MELDINGEN LASTES INN.

Ansiktene til PJ og Arden dukket opp på skjermen. De sa to ord:

"ADVAR DEM."

E-Z våknet av at onkel Sam slo med knyttnevene på soveromsdøren. "Kom deg opp, E-Z, vi finner ikke Lia!"

Nå som han var våken, skjønte han at hun hadde forsøkt å komme i kontakt med ham. For å oppdatere ham. Han sjekket telefonen. En melding med en oppdatering.

"Det går bra", sa E-Z, "hun er sammen med PJ. Si til Samantha at hun har det bra. Jeg må besøke ham og Arden snart. Hvor er Alfred?"

"Han er i hagen", sa Sam. "Vil du ha litt frokost før du drar?"

"Et grillet ostesmørbrød hadde vært fint. Takk."

Mens E-Z kledde på seg, tenkte han på drømmen sin. Gutta snakket til ham, gjennom en felles hendelse de hadde hatt da de var sju år gamle. Han måtte finne ut hva det dreide seg om. Advarte dem? Hvem skulle han advare? Dette var en klar ledetråd, men hvem var det de ville at han skulle advare?

Ja, han var helt sikker på at de prøvde å fortelle ham noe, men hva? Nok en gang hadde han en snikende mistanke om at det hele hadde noe med Eriel å gjøre.

Først dro han til Ardens hus, og stakkaren lå som før som en zombie i sengen sin. En lege sto ved hans side da E-Z og Alfred gikk inn.

"Hva er diagnosen?" spurte E-Z.

"Først må du få den høna ut herfra!" utbrøt legen.

Alfred hoo-hoo'ede i protest og vralte av gårde. Utenfor gumlet han på litt gress og pusset fjærene.

Legen så på mr. og mrs. Lester: "Hvor mye vil dere at gutten skal vite?"

"Dette er E-Z, han er en av Ardens beste venner."

"Jeg vet hvem han er, jeg har sett ham redde folk på TV."

E-Z visste ikke hva han skulle si, så han sa ingenting, men han likte ikke legens holdning.

"Arden ligger i koma."

"Ja, det var det jeg trodde. Så når våkner han opp igjen? Dr. Flannel på Handle-hjemmet - der PJ er i samme tilstand - sa at han snart ville bli normal igjen."

"Det vet jeg ikke. Kroppen hans beskytter ham mot noe, så han våkner når han er frisk nok til det. I mellomtiden foreslår jeg at noen er hos ham døgnet rundt." Og til Lester-paret: "Det beste er kanskje om dere begge jobber for å ansette en sykepleier. Jeg kan anbefale noen. Hvis du kan jobbe hjemmefra, er det best. Jeg tar kontakt igjen om et par dager."

"Om et par dager," gjentok mr. Lester.

Mrs. Lester fulgte legen ut av huset.

E-Z fulgte etter. "Hvis jeg kan hjelpe til, ta en vakt ved hans side, så ikke nøl med å spørre. Jeg går bort til PJ nå. Lia er allerede der, og hun skrev at han er den samme."

"Hold oss underrettet og hils PJs familie fra oss."

"Det skal jeg gjøre", sa E-Z da han og Alfred ble gjenforent. Begge løftet seg fra bakken og fløy til PJs hus.

Mens de fløy videre side om side, sa Alfred: "Jeg likte ikke den legen. Jeg stoler ikke på folk som ikke er snille mot dyr."

"Jeg skjønner, men han gjorde bare jobben sin."

"Vi svaner har ikke forårsaket noen pest eller... glem det. Jeg glemte fugleinfluensaen, men den oppsto på grunn av mennesker."

De landet ved PJs hus, der Lia ventet på dem med døren åpen.

"Hvordan går det med dere to?" spurte hun.

"Bra", sa Alfred.

"Ah, han er litt sur fordi Ardens lege kastet ham ut av rommet, men jeg har det bra, takk. Hva med deg?"

"Jeg har det bra, men PJs foreldre er i ferd med å gå fra vettet, og det er ingen tegn til bedring."

"Ringte de legen tilbake?" spurte Alfred.

"Nei. Han ga dem håp, men ikke noe annet, mest at han ville våkne. Men jeg er bekymret for at han tar feil." Hun tok en pause og rødmet litt.

"Å, en ting til, da jeg holdt ham i hånden." Hun stirret på de to. "Han, vel, jeg vet ikke om jeg innbilte meg det, eller om han virkelig gjorde det - men jeg trodde han klemte den."

"Takk for at du ble hos ham. Vi bør ta skift med foreldrene hans, så ingen blir for slitne. Du kan gå hjem nå og være litt sammen med moren din. Hun lurer sikkert på hvordan du har det." Han hadde ikke tenkt å nevne håndholdingen.

"Jeg går når du gjør det, da", sa Lia mens de gikk bort til PJs rom.

Alfred, Lia og E-Z var nå alene med PJ.

"Jeg hadde en merkelig drøm i natt. PJ, Arden og jeg var på sjuårsdagen min - men ting skjedde ikke som de gjorde den gangen. De prøvde å kommunisere med meg gjennom en hendelse vi delte, men jeg er ikke sikker på hva de prøvde å si."

"Fortell oss om drømmen", sa Alfred. "Og ikke utelat noe."

"Ja, fortell, så skal vi se om vi kan hjelpe deg med å tolke den."

"Vel, det begynte helt normalt. Alt var som det pleide å være den dagen, helt til Arden glemte baseballcapsen sin, og vi tre gikk tilbake for å hente den."

"Så han mistet ikke baseballcapsen sin på den virkelige festen?"

"Nei, det gjorde han ikke. Faktisk var han så besatt av den lua at vi ofte ertet ham for at den var limt fast på hodet hans. Så dette var en viktig del av drømmen. Vi gikk tilbake til spillområdet, og det virket som om gangen var mye lenger enn da vi forlot den.

Vi gikk lenge. Pratet i vei, slik vi pleide å gjøre. Vi var ikke klar over at vi hadde gått ganske lenge. Arden vurderte å la lua ligge fordi det tok så lang tid å komme dit, men vi bestemte oss for å hente den. Han sa at luen hadde affeksjonsverdi for ham."

"Interessant", sa Lia. "Vet du hvorfor han var så glad i lua?"

"Han hadde den alltid på seg fordi han likte laget. Jeg har aldri visst at det fantes noen annen sentimental tilknytning i det virkelige liv enn til selve laget. Og i drømmen, på det tidspunktet, ikke før han sa det. Så utvidet korridoren seg, og vi befant oss i et stort, luftig rom, som et auditorium. I midten av rommet var det en gigantisk giljotin."

"Hva! Så merkelig!" sa Alfred.

"Det er litt skummelt," sa Lia.

"Det er mer. Øverst, over kniven, lå Ardens caps og under den et skilt der det sto: Hodet skal hit."

Lia og Alfred gispet.

"Arden sa at han ikke var så glad i hatten lenger. Det var da det ble mørkt, og vi hørte tunge skritt komme mot oss. Støvler. Klikkende kjettinger eller rustninger. Så kom lyset tilbake, og en fyr kom inn med hette over hodet. Han gikk bort til giljotinen og slipte knivene sine, den ene etter den andre."

"Hva skjedde så?" spurte Alfred.

"Så dukket det opp en dataskjerm der det sto LOADING, og et bilde av de to dukket opp. De sa to ord:

"ADVAR DEM."

"Hva skjedde så?" Alfred spurte igjen.

"Så vekket onkel Sam meg og spurte om jeg visste hvor Lia var."

"Det er ikke mye å gå på," sa Lia, "elsket han den lua? Og hvem burde advares?"

"Ardens favorittlag var og er fortsatt Boston Red Sox. Luen var en gave til ham - autentisk - han ville aldri legge den fra seg, uansett hva som skjedde. Likevel vurderte han å legge den igjen i drømmen minst to ganger."

"Men han var ikke ivrig nok til å stikke hodet i giljotinen for å få tak i den", sa Alfred.

"Hvem ville vel det!" spurte Lia.

"Jeg skulle ønske vi kunne bruke Ardens datamaskin. Jeg vedder på at det finnes en ledetråd der. Han har sikkert en fil, noe gjemt som jeg kan finne. Kanskje det var det drømmen handlet om. Og hvorfor han ga meg ledetråden."

Lia sjekket betydningen av en drøm med en giljotin på nettet på telefonen sin. "Det står at den representerer frykt eller angst. Å bli utpekt eller flau over noe."

"Jeg tror jeg har en idé", sa E-Z mens han bladde gjennom kontaktlisten på telefonen.

"Vent litt", sa Alfred, "ring Sam."

"Du har rett, kanskje jeg burde snakke med ham først." Han ringte Sam og forklarte situasjonen. Sam sa at han var på vei til Arden, og at de skulle møte ham der.

"Er alt i orden her inne?" spurte PJs mor. "Vil du ha noe å drikke eller noe annet?"

"Nei takk, men onkel Sam skal til Arden, og vi skal møte ham der. Vi skal ta en titt på Ardens datamaskin og finne ut hva det siste han gjorde var. Synd at PJs datamaskin ikke fungerer."

"Det er en smart idé. Vi hørte at Ardens foreldre også tilkalte en lege, var han til noen hjelp?"

"Nei, det var han ikke."

"Vi skal holde deg oppdatert hvis vi hører noe", sa Lia mens hun kjente på PJs panne.

"Du er en flink jente", sa PJs mor. Så forlot hun rommet mens hun kjempet mot tårene.

Da de kom frem til Ardens hus, ventet Sam på dem utenfor. Han hadde med seg den bærbare datamaskinen, en veske full av dataverktøy og noen andre småting.

Sammen gikk de inn, og Sam satte opp sin egen datamaskin i nærheten, en bærbar PC som han koblet til på den andre siden av rommet, før han tok en titt på Ardens oppsett. Den var koblet rett inn i stikkontakten. Uten noen beskyttende strømskinne for uventede overspenninger. Det var bra at han alltid hadde en i vesken.

Etter å ha festet sikkerhetsstrømskinnen koblet han Ardens datamaskin til den. De ventet - og ingenting skjedde. Han tok det som et godt tegn og slo på strømmen, og Ardens datamaskin våknet til liv. Det krevdes et passord. Et passord som ingen av dem kjente.

"Noen gjetninger?" spurte Sam.

E-Z skrev inn Boston Red Sox. Han prøvde Ardens mellomnavn, som var Daniel. Det hjalp ikke.

"Prøv giljotin", foreslo Alfred.

"Bingo!" sa E-Z. Nå trengte han bare å søke i historikken.

"La meg", sa Sam mens han klikket seg inn i innstillingene og lette etter noe uvanlig. Han fant ikke noe uvanlig.

"Hva var det siste han gjorde? Spilte han et spill?" spurte E-Z.

Idet Sam klikket for å finne ut av det, begynte overspenningsvernet å brenne. Onkel Sam løp for å slukke brannen, og da han kom tilbake, hadde E-Z allerede kvalt den med et teppe. "Godt tenkt", sa han.

"Jeg håper Ardens mor synes det samme!"

"Ta harddisken!" sa Sam, og det gjorde han før den ble stekt. "Nå tar vi denne med oss og ser hva vi kan se."

KAPITTEL 7

DISKUSJON

MENS DE VAR PÅ vei hjem, tenkte E-Z fortsatt på "Advar dem"-meldingen. Kunne det ha vært mer enn en drøm?

"Jeg lurer på det", sa han.

"På hva da?" spurte Sam.

E-Z forklarte om drømmen og beskjeden, og la deretter til sin nye idé for å se hva de syntes om den.

"PJ og Arden har satt opp ting på nettstedet slik at vi kan lage podcaster i fremtiden. Jeg lurer på om jeg skal bruke det, når vi har funnet ut hvem vi skal advare. Vi kan sikkert nå ut til mange mennesker."

"Det er en strålende idé!" Sam sa: "Men bør vi ikke bygge opp en tilhengerskare nå? Så når vi er klare til å formidle advarselen, har vi allerede noen abonnenter?"

"Hva skal jeg si?"

"La oss tenke på det", sa Lia. "Og vi skal være der ved din side."

"Det er greit for meg å ta en del av praten."
Da de kom hjem, gikk de inn.

KAPITTEL 8

BRANDY LEVER

Da hun først traff ham, var det musikken de hadde til felles. Hun spilte piano, bedre enn gjennomsnittet, men ikke eksepsjonelt godt. Musikklæreren hennes sa at hun hadde et naturtalent - hva nå enn det betydde. Men hun kunne bare spille sanger som betydde noe for henne. Da husket hun dem og kunne spille dem med en gang. Men å tvinge henne til å spille noe hun ikke likte, fikk henne til å hate å ta timer.

Hun holdt fast ved det. Tvang seg selv, selv når hun hatet det. I håp om at hun skulle klare å lure seg inn i skolekorpset.

Foreldrene ville ha noe å vise til for alle timene de hadde betalt for. De insisterte på at hun skulle prøve seg i korpset - for å bli mer involvert i skolens aktiviteter.

"Det vil se bra ut på collegesøknaden din", sa faren.

"Gjør ditt beste, det er alt vi ber om. Gjør ditt beste!", sa moren.

På årets opptaksprøver til videregående skole var det imidlertid mange talentfulle ungdommer. En talentfull mannlig trommeslager sto allerede på scenen da hun kom inn i salen.

Med svette håndflater og bankende hjerte beveget hun seg langs linjen. En rekke elever og lærere klappet og trampet på tærne. Hun kjente hvordan gulvet pulserte for hver takt.

Som en robot fortsatte hun å gå langs kanten av auditoriet til hun var så nær scenen som hun kunne komme.

Nå snek hun seg ut døren og gikk bak scenen. Stilte seg sammen med de andre artistene på scenen og applauderte som om hun alltid hadde vært der.

Det var en genial plan. Alle hadde vært så opptatt av auditionen hans at de ikke engang hadde lagt merke til at hun hadde sneket seg inn i køen.

"Hvem er han?" hvisket hun til jenta foran seg i køen.

"Hysj!", svarte de andre ventende artistene.

Han trommet videre, kledd i denim, med det blonde håret svaiende og hoppende. Så lente han seg nærmere mikrofonen, og den dype, melodiske stemmen hans stemte i med rytmen.

Hun presset seg litt nærmere, og da hun gjorde det, merket hun en kløe som ikke hadde vært der før. I håndflatene, på armene, på beina. Hun klødde uten å finne noen lindring. Faktisk ble det verre, og snart var det som om huden hennes sto i brann. Pusten ble dårligere, og hjerteslagene ble langsommere.

"Ro deg ned", hvisket hun både høyt og i hodet.

Det var det siste hun husket før hun våknet opp i en bil i bevegelse.

KAPITTEL 9

OM BRANDY

BILEN KJØRTE I HØY hastighet på motorveien. Hun satt i baksetet. Hvem sin bil satt hun i? Det var ikke en bil hun kjente igjen.

Hun forsøkte å sette seg opp, men det gjorde vondt i hodet - som om et tog suste gjennom det. Hun lukket øynene et øyeblikk og lyttet for å finne ut hvordan hun hadde havnet der. Selve bilen luktet rart, nytt og gammelt på samme tid.

PFFT.

Fra ventilasjonsåpningen kom det ut en lukt som fikk magen til å vrenge seg, og hun spydde.

"Hei, pass på interiøret," sa en mannsstemme. "Det er skinn, ekte skinn." Telefonen hans ringte, og han snakket inn i den via en mikrofon i visiret. "Ja, vi er snart fremme", sa han. Han koblet fra og skrudde opp radioen.

Hendene hennes var bundet, ikke bak henne slik hun hadde sett på film, men foran henne, rett over sikkerhetsbeltet. "Jeg vil hjem!"

"Snart", svarte mannsstemmen over refrenget til en Drake-låt.

Etter å ha kjørt i det hun trodde var en halvtime, kjørte han inn på en bensinstasjon. Han låste henne inn, smelte igjen døren bak seg og forlot henne uten å si et ord.

Hun så ut av vinduet og anstrengte seg for ikke å spy igjen. Kidnapperen eller kidnapperen hennes hadde gått inn. Hun håpet at han ikke var en kidnapper som planla å kreve løsepenger. Foreldrene hennes hadde ikke penger til å betale for å få henne tilbake. Hun fokuserte på øyeblikket og la merke til at dørene ikke hadde noen håndtak, og at knappene for å åpne vinduet ikke fungerte.

På den andre siden av bilen som pumpet bensin, så hun en mann.

"HJELP!" ropte hun og ga alt hun hadde. Hun visste at dette kanskje var hennes eneste sjanse.

Da han ikke svarte, hamret hun på de lukkede vinduene. Det var vanskelig å lage lyd her i denne fiskebollen av en bil. Hun kastet et blikk bakover, og bortføreren var på vei tilbake til bilen med en boks brus og to sjokoladeplater. Da han satte seg bak rattet, kastet han en sjokolade over skulderen mot henne. Hun klarte ikke å ta imot den, hun hatet den slags, for ikke å snakke om at hun nylig hadde kastet opp.

"Jeg er tørst", sa hun.

"Hva vil du ha?" spurte han, gikk inn og kom straks ut med en flaske vann.

Han løsnet korken og stakk den i hendene hennes. Selv om de var bundet, klarte hun etter et par forsøk å få litt vann i munnen. T-skjorten hennes dryppet av vann foran. Det gjorde ikke noe, for det vasket bort noe av den fete lukten.

"Takk", sa hun.

Noen øyeblikk senere var de tilbake på motorveien igjen. Han satte opp farten, la seg i overkjøringsfilen, og sikkerhetsbeltet hennes løsnet. Hun tumlet rundt bak i bilen, som en terning som ruller uten retning.

"Slutt med det der, din gærning!" sa mannen mens hun forsøkte å feste sikkerhetsbeltet med hendene bundet.

Dekkene skranglet da sjåføren skiftet fil på en hensynsløs måte. Andre bilister bremset for å holde avstand til ham. Så satte han kursen mot avkjøringsrampen. Han bremset og stoppet. Han gikk ut av forsetet og åpnet bakdøren.

Hun sto klar med føttene rettet mot ham og slo til ham med all sin kraft i et kraftig tofotsspark. Han falt i bakken, og hun var ute av bilen og løp vilt da hun ble påkjørt av en bil, så av en annen, så av en tredje.

Han satte seg inn i bilen igjen og kjørte av gårde.

"Dumme jente!" utbrøt han.

KAPITTEL 10

MER BRANDY

"Det skjedde igjen, ikke sant?" spurte moren mens hun hjalp Brandy ut av handlevognen. "Hva skjedde denne gangen?"

"Unnskyld, mamma", sa tenåringen og bøyde seg ned for å knytte skoen. Hendene føltes så gode nå som de ikke lenger var bundet.

Moren bøyde seg ned og hvisket: "Var det det samme som de andre gangene? Besvimte du?"

Hun reiste seg og kastet et blikk mot døren.

"Fortell meg det", sa moren og flyttet datteren foran seg slik at de var nær hverandre og ingen andre kunne høre det. Dessuten var det ingen andre i gangen deres.

"Jeg var på skolen, på audition. En gutt spilte solo på trommer og sang. Han var veldig flink."

"Og drømmende også, antar jeg?" spurte moren.

Hun kjente at hun ble varm i kinnene. "Hjertet mitt slo raskere og raskere, og jeg ble svett i håndflatene og følte meg rar. Før jeg visste ordet av det, satt jeg bakbundet i en bil i bevegelse!"

"Fastbundet? I en bil? Hvem sin bil? Hvem kjørte? Hvor skulle du?"

"Jeg kjente ikke igjen bilen eller sjåføren. Han snakket med noen med en sånn håndfri mikrofon. Han var en grei sjåfør helt til han kom ut på motorveien. Da kjørte han som en galning, og jeg lot som om sikkerhetsbeltet hadde løsnet. Da han kjørte av veien og stoppet, sparket jeg ham så hardt at han falt omkull, og så stakk jeg av."

"Gudskjelov at du kom deg unna. Var det noen som stoppet for å hjelpe deg? Jeg håper du har nummeret deres, så jeg kan ringe og takke dem."

Brandy sa ingenting, for hun husket bilene, en, to, tre, da de traff henne, og hun døde. Igjen. Og endte opp i matbutikken sammen med moren, igjen.

"Snakk til meg", sa Brandys mor.

"Jeg døde - igjen", sa Brandy, "og endte opp her. Igjen."

Hun satte seg ned på gulvet, eller rettere sagt, hun ble svak i knærne og falt ned på knærne. Moren fulgte etter, som en dominobrikke.

De satt sammen og holdt hverandre i hendene uten å snakke.

KAPITTEL 11

BRANDY SÅ

"**S**KYND DEG, BRANDY!" HADDE moren hennes sagt forrige gang. Forrige gang hennes eneste datter døde - og gjenoppstod.

Når de fleste foreldre måtte gå på butikken med barna på slep, kunne de ikke komme seg fort nok ut derfra.

Brandy var ikke et av de barna. Hun foretrakk butikker fremfor parker, sport - ja, nesten alle aktiviteter. Å ta henne med på butikken var den eneste måten å få henne ut av huset på.

Det var ikke bare Brandys feil. Hun var født med en sjelden hjertefeil. En som de sa at hun ville vokse av seg. Derfor var det ikke mulig for henne å løpe og leke med de andre barna.

Derfor elsket hun kjøpesenteret, men aller mest elsket hun matbutikken. Og det var alltid ganske rolig i matvaregangene. Bortsett fra en gang da de delte ut gratis DVD-er. Brandy ble så opphisset at hun ikke fikk puste, og de måtte kjøre henne til sykehuset.

Da var hun tre år gammel.

KAPITTEL 12

BRANDY NÅ

Nå som datteren var fjorten år, så det ut til å skje sjeldnere og sjeldnere. Likevel lurte hun på hva som ville skje når hun ble for stor til å få plass i handlevognen.

"Hvorfor her, tror du?" "Hvorfor alltid bare du og jeg og her?" spurte Brandys mor.

"Jeg vet ikke, mamma, men én ting vet jeg. Jeg vil handle. Jeg vil kjøpe mat og drikke, og så stikker jeg. Du kan bli her hvis du vil, jeg er straks tilbake. Her, spill kabal på telefonen din. Det vil roe nervene dine, og shopping vil roe nervene mine."

Kvinnen satt på gulvet, mens vognene kom og gikk, og konsentrerte seg om å spille kabal. Datteren kjente henne så godt. Det hun likevel prøvde å la være å tenke på, var hvor mye - eller hvor lite - hun skulle fortelle mannen sin. Hun hadde ikke fortalt ham det forrige gang, da datteren døde, eller gangen før, eller gangen før det. Hun hadde bare fortalt ham at de hadde vært ute og handlet, og at det hadde vært stressende.

"Jeg er klar", hadde Brandy sagt, den gangen hun var en liten jente med armene fulle av frokostblandinger og popcorn.

De satte kursen mot den selvbetjente kassen.

"La meg gjøre det, mamma!"

Det var det Brandy alltid sa. Hun elsket å se på når kassapersonalet skannet hver enkelt vare. Og gud hjelpe dem hvis skanningen var feil.

Brandy og moren var ferdige for dagen og gikk tilbake til bilen. Brandy satte seg foran og spente seg fast. De kjørte av gårde, og stoppet bare kort ved drive-through for å kjøpe to is.

"Vi har virkelig gjort noen gode kjøp i dag", sa Brandy den gangen, og nå sa hun det igjen.

"Jeg vet at du elsker, men jeg vil likevel gjerne høre mer om hendelsen i dag. Kan du huske noe mer om hva som skjedde? Du må ha vært livredd for å være helt alene i en bil med en fremmed? Det jeg ikke skjønner, er hvordan dette skjer. Var dette annerledes enn de andre gangene? Du sa at du det ene øyeblikket var på skolekorpsets audition, og det neste satt du i en bil?"

"Ja, jeg ventet på at det skulle bli min tur til å opptre, sammen med de andre elevene. Vi hørte på en gutt på trommer. Han sang og spilte utrolig bra. Jeg nærmet meg fronten av køen da jeg plutselig var borte."

"Å, jeg liker ikke lyden av ZAP."

"Det var slik det skjedde, mamma. Først klødde det i hendene, så i beina, så i armene."

"Har du ikke fortalt meg om kløen tidligere?"

"Det skjer. Vanligvis pleier jeg å roe meg ned. Denne gangen virket ingenting, og, du vet, Z-ordet."

"Jeg må spørre, men tror du at dette kanskje skjedde fordi du ville unngå auditionen? Jeg mener å prøvespille selv. Det er ikke noe du har hatt lyst til å gjøre."

Brandy trommet med fingrene på dørkarmen. "Jeg ville ikke satt meg inn i en bil med en fremmed for å unngå en audition," sa hun.

"Greit, kjære", sa moren med tårer i øynene. Hun hadde sagt noe galt - igjen. Hun sa alltid feil ting når det gjaldt datterens ... hva skulle hun kalle det? Datterens reiseeventyr.

"Det går bra, mamma."

De kjørte i stillhet en stund. Det var en behagelig stillhet.

"Jeg vil vite hvordan jeg kan hjelpe deg," sa Brandys mor. "Til neste gang..."

"Jeg vet det, mamma, men du er ikke der når det skjer. Jeg må kunne håndtere det selv."

"Er det én ting som alltid skjer - før du forsvinner?"

"Jeg skulle ønske jeg husket det, mamma, men akkurat som forrige gang gjør jeg ikke det." Hun så ut av vinduet og la armene i kors.

"Vel, når vi er hjemme, kan du øve og øve og øve. Da er du enda bedre forberedt til auditionen i morgen."

"Det var bare én dags audition. Så jeg har ingen sjanse i år. Dessuten liker ikke pappa at jeg øver, spesielt ikke når han jobber hjemmefra. Han sier at han får hodepine av det."

"Pappa mener det ikke sånn," sa hun. "Jeg skal snakke med ham. Du vil jo tross alt spille piano som jobb, ikke sant? Jeg mener en dag etter at du er ferdig med skolen. Og jeg skal ringe læreren din og be om et unntak fra regelen."

"Jeg skulle gjerne hørt hvordan den samtalen gikk!", lo hun. "Hei, Mr. Hopper, jeg er moren til Brandy, og datteren min, vel, hun tidsreiste inn i en bil som kjørte for fort sammen med en fremmed, og så døde hun. Kan hun være så snill å prøvespille for deg i morgen?"

"Det er grusomt", sa moren. "Har du ombestemt deg med hensyn til å satse på en musikkarriere? De gjør vel unntak for studenter hele tiden?"

"Kanskje de gjør det, men det plager meg ikke. At jeg gikk glipp av det. Det er jo alltid neste gang. Dessuten vil jeg gjerne handle, det er nok derfor jeg alltid kommer tilbake til matbutikken eller klesbutikken. Husker du den ene gangen?"

Moren nikket.

"Etter shopper blir det pianospiller, så lærer," sa tenåringen, la armene over kors og bet neglene.

Moren kastet et blikk på henne: "Ikke gjør det, kjære. Det er så uhygienisk å bite negler." Brandy satte seg på hendene. "I den rekkefølgen?" sa moren og lo.

"Kanskje i omvendt rekkefølge", skrek Brandy da de kjørte inn i oppkjørselen. "Pappa er ikke hjemme ennå."

Hun brukte den automatiske garasjeportåpneren uten å svare datteren. Ja, mannen hennes var sen igjen. Han kom hjem senere og senere hver kveld. Han sa at jobben holdt ham tilbake og tvang ham til å jobbe ekstra uten å betale overtidsbetaling. Hun hatet at han aldri kom hjem for å se til Brandy før hun la seg. Da hadde de i det minste et mellommåltid klart. Hun lagde middag til Brandy og fikk henne til å finne seg til rette på rommet sitt. På den måten kunne hun og mannen spise middag sammen. Det ville bli en hyggelig kveld, bare de to.

"Ta veskene," sa hun.

"Ok, mamma", svarte Brandy da de gikk inn.

KAPITTEL 13

AUSTRALIAS ØDEMARK

GUTTEN I OUTBACK I den nordlige delen av Australia hadde bodd i en kasse. Han var tolv år gammel da de fant ham. Kroppen hans var misdannet siden han satt med krum rygg og knærne i været - som i en eske. Selv da de brøt den opp og slapp ham ut, kunne han ikke snakke.

Han kunne ikke snakke, eller ville ikke snakke. Helt til han begynte å stole på seg selv igjen. Da strakte han seg ut og slappet av i kroppen.

Han foretrakk stille stemmer, hviskende stemmer. Høye ting, høye lyder av alle slag, skremte ham. Han ristet og lukket seg inne i seg selv. Han lette etter og ropte etter "esken".

De hadde beholdt den i hjørnet. Helt til folkene i Sydney sa at han aldri ville bli bedre hvis den ikke ble ødelagt.

Han hjalp dem med det, med en slegge som var nesten like stor som ham selv. Da den ble knust i småbiter, rullet øynene hans bakover i hodet, og han var borte. Borte. Et sted i tankene hans. Utilgjengelig.

Ingen visste hvem han var. Eller hvem han tilhørte. Hva slags foreldre låser barnet sitt inne i en kasse, som et dyr?

Men han hadde ikke blitt sultet. I hvert fall ikke etter mat. Og han var ikke dehydrert.

Det betydde at noen var i nærheten. De ventet på at de skulle komme tilbake, men det gjorde de ikke. Så de må ha visst at esken i esken var ute.

Et team av psykologer hadde satt opp kameraer i huset, slik at de kunne fjernovervåke gutten fra Sydney.

Andre fra hele verden ønsket å "være med" på observasjonen av gutten. Noen skrev avhandlinger om barnemishandling og omsorgssvikt. De kjempet seg til toppen av listen.

Gutten vugget frem og tilbake uten å si et ord. "Box!" hadde vært hans eneste forsøk. Men han visste hva som foregikk. Han hørte dem hviske. Millionærer som ville adoptere ham. Han skulle ingen steder. Han skulle bli her. Dette var hjemmet hans.

Gutten, som aldri hadde sovet i en seng før - eller hvis han hadde gjort det, husket han det ikke - ville ikke sove i en seng nå. I stedet rullet han seg sammen til en ball og sov i hjørnet på gulvet. Han hadde bruk for puten og teppet de hadde lagt igjen til ham. Disse luksustingene ble ikke rørt.

Mens de bestemte seg for hva de skulle gjøre med ham, ble det utnevnt en søster. I Australia kalles søstre også sykepleiere. I noen tilfeller er en søster også en nonne. En søster som er sykepleier, kan også være en bror. Hvis nevnte søster/sykepleier var en mann.

Guttens søster/sykepleier var en snill dame som alltid satte opp håret i en knute. Hun hadde hvit uniform og matchende sko som knirket for hvert skritt hun tok.

Første gang hun prøvde å kaste et teppe over ham, skrek han som om han var blitt angrepet av en sint sky.

"Så, så", sa søster. Hun skalv, og så løftet hun teppet. Hun kastet det rundt skuldrene, og gutten gispet.

"Det er mykt", sa hun.

Hun krøp inn i det. Luktet på det.

"Det er veldig mykt og varmt", kurret hun.

Gutten strakte ut hånden og tok på kanten av teppet. Han klappet på det, som om det fortsatt lå på sauen der det hadde sitt opphav.

"Vil du ha det?" spurte søsteren.

Han sa nei i to dager, men så lot han henne legge det rundt skuldrene. Etter det sov han med den, som om den var et levende vesen. Han vugget den som en baby og hvisket til den. Til slutt fant han trøst i den og ville ikke la søsteren ta den eller vaske den.

Den fjerde morgenen gutten var fri, begynte dyrene å samle seg på plenen utenfor eiendommen. Først ankom en kenguruhunn. Hun hoppet til bunnen av trappetrinnene på verandaen, satte seg på hoftene og holdt øye med døren. Deretter kom en emu og gjorde det samme. Så kom en skjære, en kakadue og en galah. Fuglene byttet på å synge, og stemmene deres virket som om de kalte gutten ut av døren. Før hadde han ikke hatt lyst til å åpne døren eller gå ut. Men da han så dyrene og fuglene, gikk han uten å nøle ut for å møte dem.

Søsteren holdt øye med ham bak gitterdøren. Hun var ikke glad i verken hunder, katter eller fugler - de skremte henne faktisk - men disse ville dyrene skremte henne. Hun ville våge seg ut hvis det var nødvendig. Hun håpet at de snart sendte ut noen for å hjelpe henne.

Gutten sto på verandaen og pustet inn luften. Han bredte ut armene og fylte lungene med uteluft. Han pustet den grådig inn.

Søsteren, som ønsket at han var hennes egen sønn, så hvordan brystet hans utvidet seg innenfor den lille rammen.

Så skjedde det.

Gutten begynte å heve seg, som om han var en ballong på vei opp, men han var ingen ballong, og han hang ikke i en snor - han var en liten gutt.

Søsteren løp ut. Hun elsket ham - og han var på vei bort. Bak henne smalt gitterdøren.

"VENT!" ropte hun og grep etter ham med fingrene.

Mens gutten gled bort. De små føttene hans reiste seg. De førte ham videre. Mens de tre fuglene bar ham videre og videre.

Hun grep tak, men han var for langt borte. Hun så på mens kengurumoren løftet blikket.

Og gutten falt ned på morens skuldre. Hun satte seg opp med armene rundt halsen på kenguruen, og så hoppet hun av gårde. Ved siden av dem gikk en emu i samme tempo.

Søsteren, som ikke visste hva hun skulle gjøre, løp inn for å hente bilnøklene. Hun startet motoren og fulgte etter gutten helt til hun ikke kunne se ham lenger.

Gutten som en gang hadde bodd i en eske, var blitt tatt fra menneskenes verden. Han hadde gått inn i en verden der dyrene tok seg av sine egne. Og dette barnet var en av deres egne. Han var en del av familien.

Og gutten sang sanger med stemmene han kjente fra sitt eget indre. Og han lo høyt og var lykkelig, mens han ble båret bort til stedet i hjertet sitt. Stedet der han var det han alltid hadde vært ment å være.

KAPITTEL 14

ENSOM GUTT

I den forbudte skogen i Japan lød et barneskrik. Fuglene samlet seg, stemte i sangen og forsterket den ensomme guttens rop om hjelp. En lappugle kom til og skremte bort resten av fuglene. Hun satt i nærheten og voktet og ventet.

En bilalarm gikk i gang. Skrikingen overdøvet barnets skrik. Han satt i et barnesete. Et som pleide å sitte i baksetet i en bil.

"Klikk, klikk", og bilalarmen stoppet, lenge nok til at sjåføren kunne høre barnets svake skrik. Hun og ektemannen skyndte seg inn i skogen, der de fant barnet som var skremt og helt alene. Sammen trøster de ham.

Flere voksfugler ble stående og se på. De vurderte situasjonen. De raslet med fjærene og kvitret. Som om de rapporterte om redningen av barnet på direkten.

Kvinnen løsnet stroppene til barnet. Hun holdt ham tett inntil seg og stilte ham spørsmål han var for liten til å svare på. Spørsmål som: "Hvor er din Haha, Ko? Hvor er din Otosan?" (Oversatt: Hvor er moren din, barn? Hvor er faren din?"

Mannen hennes lette i området. Han ropte ut. Da ingen svarte, lette han etter tegn. Voksne fotavtrykk. Han fant ingen.

"Ingen fotspor", sa han og ristet vantro på hodet. Skogen var ikke hans favorittsted. Han foretrakk byer og støy. Det var han som hadde utløst bilalarmen ved et uhell. Han håpet at kona hadde lyst til å dra. Han hadde lovet henne lunsj på favorittrestauranten hennes. Det var da hun hørte barnet og løp inn i skogen.

Han hadde fulgt etter kona for å beskytte henne. I byen unngikk de områder der rovdyr kunne ligge på lur. De kunne lokke intetanende, tillitsfulle mennesker - som kona - ut i fare.

Skogen, akkurat denne skogen, var full av lyder. Levende, med lys. Og barnet, de kunne ikke forlate barnet.

"La oss dra", sa han. "Vi tar ham med til sykehuset for å forsikre oss om at han har det bra, så kan de sjekke med politiet hvem han tilhører."

Hun holdt barnet tett inntil brystet og kjørte hånden oppover ryggen, slik en mor ville gjort med sitt eget barn. For henne var han nettopp det, barnet hennes. Barnet hun aldri hadde kunnet få, som hadde ropt etter henne, og hun hadde kommet inn i den forbudte skogen og gjort krav på ham.

"Han er min," sa hun, først trassig, så mer lavmælt, "jeg mener, vår. Vårt barn. Sønnen du alltid har ønsket deg."

Mannen hennes så på gutten. Han trengte dem. Og han var for liten, for ung til å huske noe som helst fra før. Han stolte allerede på dem. Ingen ville få vite det, tenkte han. Men var det riktig å ta dette barnet som sitt eget?

"Ingen ville få vite det", sa kona, som om hun hadde lest tankene hans.

Dette skjedde ofte, etter tolv år sammen. De tenkte de samme tingene. Snakket samtidig. De avsluttet hverandres setninger.

De var et kjærlig og stabilt par. Sammen hadde de så mye å gi til et barn. Likevel hadde skjebnen ikke gitt dem noe eget barn.

Hun ga barnet til mannen sin og ventet.

Fuglene over henne kunne se hvordan armene hennes skalv. De sang og oppmuntret henne til å ta imot barnet. De hjalp ham med å bestemme seg for at barnet nå var deres.

Hun hadde allerede gjort krav på ham i sitt hjerte og i sin sjel. Det hadde mannen hennes også, men han var splittet av egoisme. Han ville gjøre det rette, ikke det egoistiske.

"Har du lyst til å komme og bo hos oss?" spurte han barnet.

Selv om han ikke svarte, gikk de tre tilbake til parkeringsplassen. De plasserte gutten midt i baksetet, vekk fra kollisjonsputene.

Fuglene og uglen nikket, og så fløy de inn i skogen.

KAPITTEL 15

EN KVINNE

E N GAMMEL KVINNE GYNGER i stolen sin, frem og tilbake, frem og tilbake. Minnene hennes er flyktige, som skyer. Ofte utenfor rekkevidde.

Forvirringen er på vei inn. Snart vil den erstatte alt i sinnet hennes med ingenting.

Demens velger ikke sine ofre ut fra den sykes ønsker og behov. Dens formål er å forvirre. Å fremmedgjøre. Å utslette.

Hun hadde innfunnet seg med det, helt til en dag da alt gikk over styr.

Det var det hun kalte det nå, topsy-turvy. Eller kort og godt T/T. Det andre hadde vært ille, og det ble stadig verre. Men topsy-turvy betydde at hun ikke var gal, og mer enn det, det betydde at hun ikke var alene - ikke nå lenger.

I tankene så hun alt. Noen ganger skjedde det i sakte film, som om hun hadde trykket på en knapp på fjernkontrollen. Noen ganger ble scener spilt av om og om igjen, baklengs, forlengs, i loop. Andre ganger befant hun seg midt i det som skjedde, og observerte det på nært hold som en reporter.

Første gang det skjedde, var hun redd for å bli skadet eller drept. Hun hadde vært vitne til hårreisende ting. Men da hun innså at de rundt henne ikke kunne se eller høre henne, kunne hun slappe av. Med unntak av erkeenglene visste de at hun var der, men de lot ikke andre få vite at hun var der.

Som den gangen tankene hennes fløy til Nederland. Hun hadde slått seg til ro og betraktet den lille jenta. Hun gråt da barnet mistet synet. Hun følte seg hjelpeløs fordi hun ikke kunne gjøre noe annet enn å se på. Også det endret seg med tiden.

Så ble Lia og E-Z venner, og svanen Alfred kom til. Hun så på dem, lyttet til dem. Følte seg som et usett og uhørt medlem av teamet deres. Hun så dem jobbe sammen og bli gode venner.

Plutselig snakket hun til Lia i tankene, og den lille jenta svarte. En helt ny verden åpnet seg for Rosalie.

Til å begynne med var samtalen deres noe begrenset. Selv om aldersforskjellen var stor, hadde de to en del ting til felles. Som kjærligheten til ballett.

Etter at erkeenglene endret reglene, holdt Rosalie enda mer øye med De tre. Disse utvekslingene var likevel ikke nok til å utfordre tankene hennes og holde dem opptatt.

Det var da Rosalie oppdaget De andre. Barn med unike evner i andre deler av verden - og hun kunne snakke med dem.

Først var det Brandy, en tenåring som bodde i USA. Deretter fikk hun kontakt med Lachie, også kjent som gutten i esken. Den tredje, men ikke siste, var Haruto, som bodde i Japan. Haruto var den yngste av dem alle. Alle tre barna hadde evner. Og hun var den eneste kontakten.

Foreløpig holdt Lia henne knyttet til Alfred og E-Z, men snart måtte hun fortelle dem om de andre.

Rosalie skalv da betjeningen kom med maten hennes. Rød gelé. Favoritten hennes. Hun spiste den første etter å ha hellet litt fløte på den. Fløte som skulle vært i kaffen hennes.

I hodet sa hun takk til jenta som leverte maten, for Rosalie kunne ikke snakke. Hun var ute av stand til å snakke. Hennes eneste måte å kommunisere på var i tankene...

Å tilkalle De tre for å besøke henne i seniorboligen virket ikke som det rette å gjøre. Foreløpig ville hun la Lia holde henne som en hemmelighet, og hun ville ta notater om Brandy, Lachie og Haruto og skrive dem ned i en bok.

Hun måtte skjule den for erkeenglene. Hun skulle ha en hemmelig mappe. Hun ville ikke miste oversikten over disse barna, uansett hva som skjedde.

"Åh!" utbrøt hun og stakk hånden ned i den øverste skuffen på nattbordet ved siden av sengen. Hun husket en gave. En notisbok. "Gratulerer med dagen!" sto det på forsiden.

Hun skriblet på de første sidene. Det ble ikke til noen ord, men da hun kom til den trettende siden, begynte hun å skrive. Tretten hadde alltid vært et lykketall for henne, og hun begynte å skrive om Brandy, Haruto og Lachie. Det var så mye å skrive. Da hun fikk vondt i hånden, stoppet hun opp, bøyde den litt og fortsatte å skrive.

Rosalie lurte på om det fantes flere barn enn disse tre nye. Hvis hun ventet en stund, ville de kanskje også snakke med henne. Det ville være bedre å fortelle hemmeligheten sin når alle barna hadde avslørt seg.

Rosalie var forsiktig med å skrive "Hemmelig" eller "Privat" utenpå boken. Og hun var glad for at det ikke fulgte med noen nøkkel. Disse tre tingene ville få alle som så notisboken til å ville lese den. De ville bli nysgjerrige, som en katt. Det var mange på hennes alder som var nysgjerrige. Men de ville ikke ha lyst til å lese etter å ha sett de første tretten rotete sidene.

Hun bladde til slutten av boken. Rosalie fylte de siste tretten sidene med enda mer rotete håndskrift. Så la hun boken og pennene tilbake i skuffen og lukket den.

Hun smilte, lente seg tilbake på puten og hvilte armen mens hun tenkte på middagen. Mest på desserten.

KAPITTEL 16

HVOR VIL DU STÅ?

Vi lever i én verden, en verden som er fylt av både gode og onde mennesker. En verden som styres av mennesker med feil og mangler. Mennesker som ikke er roboter, som ikke er programmert til å være gode eller onde.

Vi lærer livene våre av det vi ser, det vi legger merke til, det vi lærer og det vi blir.

Vi lærer av det grunnlaget som er lagt for oss. Etter hvert som vi vokser og utvider horisonten, må vi ta valg.

Det er opp til oss å anvende kunnskapen vi har lært. Å velge mellom rett og galt.

Gjennom tidene har store mennesker blitt lurt. Store og mektige mennesker. Til og med voksne mennesker.

Noen ganger er avgjørelsen enkel. Uten gråsoner. Noen ganger er det krefter utenfor vår kontroll som leder oss. Andre presser oss til å følge deres etiske retningslinjer. Noen ganger er det uventede elementer.

La oss si at vi er på en vei, og noen setter opp en veisperring. Vi kan ta den ned eller stoppe og vente på at personen fjerner den. Vi kan velge.

Livet handler om valg. Valgene vi tar, kan gi oss en retning for livet. Vi følger den veien, med de steinene som er lagt ut etter de gode valgene våre.

Eller vi kan la oss føre på villspor. Lures. Lures til å gå imot det vi vet er sant.

Når det skjer, kan alt rase sammen - som dominobrikker.

Og våre handlinger - eller passivitet - får konsekvenser. Ikke bare for oss selv. Det vi gjør, påvirker andre.

Og til slutt, når vi dør, blir vi alle fanget og holdt i armene til sjelefangerne våre.

Furiene - tre onde gudinner - tar kontroll over sjelefangerne.

Sjelefangerne blir kapret.

Sjeler flyr rundt uten et hjem.

Hjemløse sjeler.

Kaos truer i horisonten.

Hvor vil du stå?

KAPITTEL 17

ROSALIE I DET HVITE ROMMET

Rosalie åpnet øynene. Det var spisetid, og hun hadde bedt om et frokostbrett. Rommet hennes lå på veien til spisesalen. Når de bar maten dit, kjente hun lukten av bacon. Hun fikk vann i munnen. Og kaffen. Hun ventet på at det skulle bli hennes tur. Hun hadde ikke noe annet valg enn å vente på tur.

Hun visste at de foretrakk å gi beboerne mat i spisesalen. Hun forsto behovet for å holde seg til en tidsplan. Likevel visste hun at de ville komme til henne - til slutt. Det gjorde de alltid på aldershjemmet der hun bodde.

Hun så en kardinal i et tre utenfor vinduet og vurderte å stå opp for å se nærmere på den. Men da hun kastet dynen tilbake og gikk ned på teppet, følte hun seg rar. Uklar.

Og landet i Det hvite rommet.

Ingenting hadde forandret seg siden E-Z hadde vært der. Og det tok ikke lang tid før Rosalie fant seg til rette og begynte å utforske.

Da hun lot fingrene gli langs bokhyllene, fikk hun en følelse av déjà vu. Hadde hun vært i dette rommet før?

Hun beveget seg mot midten av rommet og snudde seg rundt. Bokhyllene fortsatte og fortsatte. Så langt øyet kunne se. Høyden på dem gjorde henne svimmel, og hun lengtet etter å sette seg ned og få igjen pusten.

BINGO

En komfortabel stol dukket opp, og hun satte seg i den. Hun lente seg tilbake, og da hun innså at den hadde hjul og kunne snurre rundt, snudde hun den. Og snudde og snudde. Så lukket hun øynene og hvilte. Hun var glad for at hun ikke hadde spist frokost ennå, for hun var litt urolig i magen da noe beveget seg over henne.

Eller hadde hun innbilt seg det?

"Du der!" ropte hun og pekte på ingenting og ingen. "Jeg så at du beveget deg, du, din lille ... hva du enn er, kom ut, kom ut," lokket hun.

Hun bestemte seg for at hun hadde innbilt seg det, og gikk tilbake til å undersøke omgivelsene. Og lurte på hvordan hun hadde havnet her.

"Er jeg tilbake på rommet mitt og innbiller meg at jeg er på dette stedet?" Hun brukte neglene til å grave seg inn i stolens armlener. Hun så hvordan de skrapte merker i skinnoverflaten. Merkene var lette riper, lette nok til at de kunne fjernes med litt gnidning. Hun var tross alt gjest, og gjester bør alltid ta vare på stedet de besøker. Ellers blir de ikke bedt tilbake igjen.

Over henne var det noe som beveget seg igjen. Denne gangen ble det akkompagnert av lyden av vingeslag. Var det en fugl som var fanget der oppe og ikke klarte å komme seg ut?

"Jeg kommer, lille venn", sa hun, reiste seg og gikk mot stigen.

Som om den kunne lese tankene hennes, rullet trekonstruksjonen over gulvet og stoppet ved føttene hennes.

"Hopp på!" sa den.

Rosalie gjorde det, og det var ikke før den beveget seg selv at hun skjønte at den hadde snakket til henne.

"Øh, takk," sa hun da den stanset.

"Ingen årsak", sa stigen. "Er det noen spesiell bok du er ute etter?"

Rosalie lo. "Jeg syntes jeg hørte en fugl. Hysj."

Stigen lo. "Det er ingen fugler her inne, frue. Lyden du hører, kommer fra bøkene."

"Bøker med vinger?" "Ja", svarte stigen. Og så: "Du der! Kom hit!"

Rosalie så hvordan en tykk, svart bok skjøv seg helt opp til kanten av hyllen. Så vokste det vinger ut av bokens for- og bakside. Den fløy ned og landet i Rosalies hender.

"Jøss!" sa hun og så på bokryggen. "Jeg tror jeg allerede har lest denne."

DWOING.

Boken ble revet ut av hendene hennes og vendte tilbake til sin opprinnelige plass i hyllen.

"Unnskyld", sa Rosalie. Og så til stigen: "Jeg håper jeg ikke fornærmet herr Dickens."

"Hvis du er ferdig med meg nå," sa stigen, "kan jeg foreslå at du hopper av?"

"Beklager at jeg har kastet bort tiden din", sa hun.

"Det har du ikke. Jeg er glad for å ha stått til tjeneste."

Rosalie gikk ned, og stigen suste til den andre siden av rommet.

Rosalie kjente på pannen, nei, hun hadde ikke feber. Blodsukkernivået må ha vært for lavt. Og nå ville hun ikke få spise på flere timer. Og den tyven Agnes Lindsay ville stjele frokosten hennes. Hun ville snike seg inn på rommet hennes og spise opp alt. Når betjeningen kom tilbake for å hente brettet, ville de tro at Rosalie hadde spist det. Rosalie og Agnes var svorne fiender.

For å få tankene bort fra den rumlende magen fokuserte Rosalie på bøker. Spesielt én bok. En bok hun hadde elsket å lese om og om igjen da hun var liten. Den het Anne fra Bjørkely av... Hun husket ikke forfatterens navn.

"Lucy Maud Montgomery", sa stigen mens den suste bort til henne. "Hopp en," sa den.

"Takk for tilbudet, men jeg er for sulten og kanskje for svimmel til å klatre opp på deg."

"Sett deg," sa stigen, "der borte." Så plystret stigen, og høyt oppe i hyllene beveget en bok seg fremover.

Den fikk vinger på for- og baksiden og fløy inn i Rosalies hender. Hun klemte den inntil brystet.

"Takk," sa hun.

"Var det alt?" spurte stigen.

"Ja, med mindre du har et par ekstra lesebriller gjemt et sted i dette rommet."

BINGO.

Brillene dukket opp og satt helt rett på nesen hennes.

Stigen vendte tilbake til sin opprinnelige posisjon.

Rosalie fikk vondt i anklene.

BINGO.

Et stativ dukket opp under føttene hennes.

Hun åpnet boken. Inni lå en skisse av bokens navnebror Anne Shirley. Hun kjørte fingeren langs konturene av den foreldreløse jentas røde hår.

Anne blunket til Rosalie. Hun blunket og smilte tilbake. Hun hadde hørt om interaktive bøker før, men denne tok kaka!

Med skjelvende hender brettet hun ut kartet over Canada, og øynene fulgte pilene som førte til Prince Edward Island. I tankene gikk hun avstanden - og kom frem til Green Gables. Utenfor huset sto familien Cuthbert. De ventet på Anne.

Hun bladde om og begynte å lese. Hun lo av hver eneste vanskelig situasjon Anne havnet i.

Så rumlet det i Rosalies mage, og hun ønsket seg noe som ikke lignet frokost. En gelésalat. Noe moren pleide å lage til henne ved spesielle anledninger da hun var liten. Det hun likte best, var kremfløten på toppen.

BINGO.

Foran henne lå en regnbuefarget gelésalat med en klatt kremfløte på toppen. Hun tenkte skje og

BINGO.

En dukket opp. Men så husket hun hvordan moren og faren kjeftet på henne hvis hun spiste desserten først. Hun tenkte på potetmos. Dampende varm med smør som smeltet på toppen. Og kjøttpudding med ketchup. Og nyplukkede erter fra hagen.

BINGO.

Foran henne sto en stor bolle med potetmos. Smøret smeltet på sidene. Det var et kunstverk. Det så nesten for godt ut til å spises.

Ved siden av lå en firkant med kjøttpudding med en klatt ketchup på toppen.

Og i en annen bolle lå det erter. Med en kvist mynte på toppen.

Hun smilte. Da hun var liten, likte hun ikke å ta på matvarene sine. I dette rommet visste kokken hva hun likte.

Men kokken hadde glemt å gi henne spiseredskaper. Hun så for seg en kniv og en gaffel.

BINGO.

De kom også. Hun spiste grådig. Forsiktig så hun ikke ødelegger Anne på Bjørkely. Boken følte at den trengte beskyttelse og fløy opp og svevde i luften der Rosalie lett kunne nå den.

Rosalie spiste alt, inkludert gelésalaten, som skvatt på skjeen.

Da hun var ferdig

BINGO

forsvant tallerkener, bestikk og så videre.

Etter noen øyeblikk med takknemlighet for maten hun hadde fått, så hun opp på boken.

If fløy til henne, og hun fortsatte å lese.

Leste og ventet.

Hva eller hvem hun ventet på, visste hun ikke.

KAPITTEL 18

CHARLES DICKENS

London i England falt en metallbeholder ned fra himmelen.

Beholderen var verken lang eller silolignende. Faktisk lignet den mest på en kapsel. Forskjellen var at den var firkantet og ikke hadde vinduer. I stedet for vinduer var den speilvendt på alle sider. Dessuten var den flat, og da den traff vannet, skled den over med en enorm kraft. Den landet på bredden av Themsen.

To detektorister ved navn John og Paul fulgte med på det hele. Begge var i trettiårene. De tjente til livets opphold ved å detektere. Derfor ble de betraktet som profesjonelle detektorister.

Detektoristenes arbeidstid varierte. De var selvstendig næringsdrivende og ansvarlige for vedlikehold og forvaltning av verktøyene sine.

En detektorist trengte mange verktøy. Han ville ikke dra ut på en utgravning uten å være forberedt. De fleste hadde med seg en verktøykasse overalt. Den inneholdt viktige ting. For å nevne noe: hodetelefoner, regnskjermer, seler, graveredskaper, murskjeer, verktøybelte, forkle (med lommer), vanntett veske, ryggsekk, søppelsekk.

De fleste av John og Pauls utgravninger var i London, ved Themsen. Som loven krever, hadde de Standard- og Mudlark-tillatelser. Disse ble gitt av Port of London Authority.

Tillatelsen ga dem lov til å grave ned til en dybde på 7,5 cm om nødvendig (stigen var nødvendig uansett om du hadde til hensikt å grave eller ikke).

Når det gjaldt den firkantede gjenstanden - som hadde landet foran dem - måtte de tenke seg litt om. Før de hentet den og gjorde krav på den.

"Har du lyst til å ta en nærmere titt?" spurte Paul.

John, som ikke sa så mye, nikket.

De trasket fremover med verktøy i hånden. Gummistøvlene klemte og knirket, og gjørme og vann forsvant for hvert skritt. Elvebredden var ofte svært gjørmete etter flere dager med sammenhengende regn.

"Krav!" sa Paul.

"Greit nok", sa John.

Selv om de begge hadde sett det på nøyaktig samme tid, visste han at det var et krav på hans vegne også. De var partnere, det hadde de alltid vært, og ingenting kunne endre på det.

Begge trasket videre til de nådde den. Den var som en firkantet speilkule, og da de prøvde å undersøke den, så de bare sine egne refleksjoner i den.

"Jeg må klippe meg", sa John.

Paul hånflirte mens han berørte siden av den med tåen på støvelen. "Det må da være mulig å åpne den på noen måte", sa han.

"Den er for stor til at vi kan velte den", sa John mens han tok opp et målebånd fra lommen og målte høyden på den ene siden. Han viste resultatet til Paul, som viste 60 centimeter.

De gikk rundt objektet. De stoppet for å banke og banke innimellom. De passet på å ikke sette møkkete fingeravtrykk på speilobjektet. Men i håp om at de skulle trykke på en hemmelig knapp og åpne den.

Og lyttet. For å forsikre seg om at den ikke tikket.

"Kanskje vi burde ta den med til museet eller rapportere funnet vårt?" foreslo Paul. "De kan sende en lastebil eller en kran for å hente og transportere den. Etter at bombegruppen har tatt en titt på den."

John ristet på hodet.

"Hvis de sender bombegruppen, sprenger de den i luften. Det vil være knust glass overalt, og kravet vårt vil være ubrukelig."

"Det er sant", sa Paul. "De gutta elsker å sprenge ting. Det er jo en fordel, ikke sant?"

"Ja, det er vel det. Hva skal vi gjøre nå? Den tikker ikke. Det er ingen fare i den forbindelse."

"Ja, det er ikke nødvendig med en patrulje", sa Paul. Han gikk rundt objektet med hendene på ryggen. Det var den tenkende gangen hans. John fulgte etter ham med samme skritt og hendene på ryggen.

Paul sa: "Vi må finne ut hva det er og hvor gammelt det er. Vi må bare gjøre krav på visse ting i henhold til skatteloven av 1996. Det ser ikke ut som gull eller sølv, og det ser definitivt ikke ut til å være over tre hundre år gammelt. Dette funnet kan være vårt og bare vårt, det vil si at vi kanskje ikke trenger å rapportere det til vår lokale FLO (Finds Liaison Officer).

"Definitivt ikke gull eller sølv", sa John, banket på metallgjenstanden og lyttet. Det hørtes hult ut. Han banket på den et par steder og lyttet.

Over dem dukket det opp to lys.

Det ene var grønt og det andre gult.

De landet på toppen av gjenstanden.

"Husj!" sa Paul.

"Holder vi på å bli gale?" spurte John og klødde seg i hodet.

"Tror ikke det", svarte Paul.

Lysene løftet seg og svevde rundt. Begge falt ned på bunnen av beholderen. Da de falt til ro, løftet lysene den opp og holdt den på plass. Sekunder senere begynte den å rotere, først sakte, så stadig raskere. Snart roterte den i en enorm hastighet. Mens den snurret rundt, begynte den å synge med høy stemme.

Detektoristene falt på kne og holdt seg for ørene med hendene. Kroppene deres var fulle av kvalme, ikke ulikt sjøsyke. Og de var veldig redde.

"Hva er det som skjer?!" skrek John.

"Jeg tror den er i ferd med å klekke!" svarte Paul.

Beholderen falt til bakken og pulserte. Ristet. Skjelvet. Den speilblanke boksen gapte opp, og en del av den falt som en vindebro ned på den gresskledde elvebredden.

"Arrgggggh!" ropte detektoristene.

De ventet og så på gjennom mellomrommet mellom fingrene. De var ikke lenger interessert i å gjøre krav på tingen. Ikke lenger interessert i verdien.

Ut kom en ung gutt.

"Det er en guttunge", sa Paul og reiste seg.

John reiste seg også og la hendene på hoftene.

"Vent", sa Paul. "Han er kledd som en av disse Oliver Twist-barna."

"Jeg er født på ny", utbrøt gutten, vippet på lua og satte den tilbake på hodet. Han strakte seg, gjespet og så på omgivelsene. "Se, der! Parlamentsbygningene. De har forandret seg siden sist jeg så dem. Og hør her," sa han mens klokken slo en, to, tre ganger. "Hvorfor har de satt Den store klokken i bur?" spurte han.

"Hva mener du med bur? Og den heter Big Ben", sa Paul. "Og hvorfor er du kledd slik? Er du på kostymefest?"

Gutten klappet foran på vesten sin. Han sjekket at vesten var kneppet helt igjen og at buksebeina var helt nede. Han var mer vant til å gå med korte bukser, og de lange buksene ville alltid pakke seg sammen. På hodet hadde han en hatt som han tok av seg før han tok ordet igjen.

"Vet du veien til Portsmouth?" spurte han. "Mor og far kommer til å bekymre seg for meg."

Detektoristene så på hverandre, men ingen av dem sa noe. For en gangs skyld var de målløse.

"Jeg drar", sa gutten og satte på seg hatten igjen.

POP.

POP.

Hadz og Reiki ankom og fløy blokkert rett foran øynene på den unge gutten.

"Charles Dickens, du må bli hos disse to mennene. De vil ta deg med dit du trenger å være. Du må være sammen med E-Z."

"Hva sa de?" sa John og gned seg i ørene. "Jeg tror jeg holder på å bli gal."

"De sa at han er Charles Dickens. Charles Dickens! Og vi skal hjelpe ham med å komme seg til E-Z, uansett hvem han er, når han er hjemme", svarte Paul.

Charles Dickens. DEN Charles Dickens. Også kjent som E-Zs og Sams fjerne slektning... Han vippet med lua mot de to fe-lignende skapningene. "Jeg hadde en gang en bok med en fe på omslaget av Grimm. Kjenner dere ham?" spurte han.

Hadz og Reiki fniste og forsvant.

POP

POP.

Charles Dickens satte på seg hatten igjen: "Jeg drar til Portsmouth." Han begynte å gå.

"Nei, det skal du ikke," sa detektoristene i kor.

"Selvfølgelig skal jeg det", sa han.

"Det er langt å gå til Portsmouth", sa John.

Bak dem begynte speilkuben å riste og skrangle. Så sa den: "Denne cybus autem speculatam vil selvdestruere om 5, 4, 3, 2, 1, 0."

Detektoristene falt i bakken og dekket hodet med hendene.

POOF.

Og så var den borte.

"Puh!" sa Dickens. Så pekte han mot London Eye. "Hva i all verden er det?" spurte han.

Detektoristene løp foran Charles. De viste vei og ryddet vei. Som to fotballforsvarere holdt de ham trygg. De unngikk sykler, fotgjengere og løshunder. De ledet ham inn på andre stier for å unngå trikker, drosjer og scootere.

"Det heter London Eye, og du kan se milevis der oppe."

"Er det noen sjanse for at vi kan spise noe snart?" spurte Charles og gned seg på magen.

"Hvorfor ikke bli med hjem til oss og ta en kopp te først?", spurte Paul. "Moren min lager en god kopp te, og hun kan til og med kaste inn en kjeks eller to."

"Det høres bra ut", sa Dickens. "Så må jeg komme meg hjem. Mor kommer til å lure på hvor jeg er. Det er ikke meningen at jeg skal være ute sent, og med tanke på hvor solen står, regner jeg med at den snart går ned."

Da de nærmet seg Convent Gardens, la Dickens merke til en plakett. "Se her", sa han. "Navnet mitt står skrevet her."

John og Paul så på Charles Dickens.

"Hva?" sa han.

"Du kommer til å bli den mest berømte britiske forfatteren gjennom tidene," sa John. "Og Oliver Twist er en av de mest berømte karakterene dine."

"Er det sant?" spurte Charles.

"Det er det", sa Paul. "Og det er ikke for å fornærme deg eller noe, men William Shakespeare er også ganske berømt", sa Paul.

"Shakespeare var dramatiker. Skrev jeg skuespill?" spurte Charles.

"Nei, du skrev romaner. Da hadde du kanskje rett."

De kom hjem til Paul. "Mamma, dette er Charles Dickens", sa han.

Hun sto på kjøkkenet iført et forkle og tørket hendene på forsiden av det før hun tok Charles i hånden.

"Er du i slekt med DEN Charles Dickens?", spurte Pauls mor. spurte Pauls mor.

"Hyggelig å se deg igjen", sa John og skiftet emne. "Kan jeg være så uhøflig å be om en kopp te med brød og smør?"

"Gå inn og sett dere, så kommer jeg med det", sa hun og sendte dem ut av kjøkkenet.

De satte seg i stuen. Paul satte seg nær vinduet slik at han kunne se ut gjennom nettinggardinene.

I mellomtiden tenkte John og Paul på noe av det samme. Hvordan de hadde oppdaget Charles Dickens og hvordan de kunne tjene litt penger på det.

Paul søkte: Når døde Charles Dickens? Svar: 1870. Han viste skjermen til John.

"Hvorfor hadde du lyst til å dra til Portsmouth?" spurte John.

"Jeg pleide å bo der", sa Charles.

"Har du flere bøker?", spurte Paul. "Jeg mener bøker du ikke har utgitt ennå?"

"Jeg vet ikke", sa Charles. "Har jeg skrevet mange bøker?"

"Ja, det har du, Charles", sa John.

"Er de gode?" spurte Charles.

"Jeg leste Oliver Twist da jeg var liten, og Great Expectations også. Den var utmerket, men litt lang etter min smak", sa Paul.

"Et juleeventyr var bra", sa John. "Ikke for lang, og en god lærepenge."

Det var stille i rommet i noen minutter.

"Jeg må finne denne Ezekiel Dickens - eller E-Z, som han kalles blant venner", sa Charles. "Jeg vet ikke

hvordan jeg vet det, men jeg tror han bor i Amerika."
Han gjespet og klarte knapt å holde øynene åpne.

Pauls mor kom inn med et brett fullt av godsaker. Alle spiste seg mette, og snart sovnet Charles i stolen.

"Ah, den lille sover så godt", sa Pauls mor mens hun la et teppe over ham.

"Han er så liten", sa hun.

"Men han er en av de største forfatterne", innskjøt John.

John innskjøt: "Han har skriving i blodet, så kanskje han en dag blir en stor forfatter."

Pauls mor lo og gikk opp på rommet sitt for å se litt på tv.

I mellomtiden diskuterte Paul og John hva de skulle gjøre med Charles Dickens.

"Synd at vi ikke kan beholde ham", sa John.

"Jeg tror ikke museet vil ta imot ham," sa Paul.

Begge ble enige om å gjøre litt research om Charles Dickens på internett.

POP

POP.

John og Paul stirret fremover som om de sov. Selv om de var langt unna. Hadz og Reiki sang en sang for dem som lød omtrent slik:

"Charles Dickens er bare en gutt.

Han er ikke noe leketøy for detektorister.

Hjelp ham å finne fetteren sin i USA.

Gjør det i morgen tidlig, ellers får du svi!"

Denne sangen gikk rundt og rundt i hodet på John og Pauls til de visste hva de måtte gjøre.

"Vi skal finne E-Z Dickens", sa Paul.

"Ja, det er det rette å gjøre", sa John.

POP

POP.

Og så var de borte.

KAPITTEL 19

ROSALIE KJEDELIG

Rosalie begynte å bli lei av å lese Anne fra Bjørkely. Jo eldre hun ble, jo vanskeligere ble det for henne å konsentrere seg om noe over lengre tid. Hun tok av seg brillene og ønsket seg en lavendelfarget maske for øynene.

BINGO.

En myk maske med en liflig duft av lavendel blokkerte lyset og beroliget de trøtte øynene hennes.

"Det er som om det er en magisk ånd her inne!" sa hun, lukket øynene og sovnet.

Da hun våknet litt senere og tok av seg masken, var hun tilbake i sengen sin i seniorboligen. Var hun gal, eller hadde hun vært på en reise i tankene?

Rosalie følte seg litt kjølig, sannsynligvis på grunn av de kalde, sterile omgivelsene hun befant seg i. På visse tider av døgnet sank temperaturen.

Da la hun merke til at beboerne var på rommene sine, mens de fremmøtte ryddet. Siden de jobbet hardt, merket de ikke kulden. I motsetning til de eldre som ikke gjorde noe.

BINGO.

Den nederste skuffen i skapet åpnet seg, og den myke og luftige røde genseren fløy mot henne. Den stabiliserte seg selv mens hun stakk armene inn i den. Hun koser seg og kjenner varmen mens den knepper igjen seg selv.

"Dette er en ganske merkelig hendelse", sa hun.

Hun satt stille og drømte om en varm kopp te med masse sukker og melk.

BINGO.

En flott tekanne med blomster på sto på et bord i nærheten. Da teen var trukket, helte den seg selv over i en matchende tekopp, tilsatte to sukkerbiter og en skvett melk.

"Tre sukkerbiter, takk", spurte Rosalie.

En tredje klump ble tilsatt.

Koppen med te på et fat svevde mot henne.

"Hva med en kjeks eller to?" spurte hun.

Den stoppet i luften.

BINGO.

Nå lå det to kjeks på tallerkenen.

"Du glemte en teskje!"

BINGO.

"Takk," sa hun og lurte fortsatt på om hun hallusinerte og/eller var blitt gal.

Likevel var teen varm, men ikke for varm. Søt, men ikke for søt. Og den passet utmerket til shortbreadene.

Da hun hadde nippet til hver eneste dråpe fra koppen....

BINGO

forsvant den rett ut av hånden hennes.

Hun lurte på hvor lenge disse magiske triksene, eller fantasitriksene, ville fortsette. Så lenge de varte, ville hun nyte dem i fulle drag.

"Vent litt!"

Hun husket boken. Den hun ikke ville at noen skulle kunne lese.

"Kan du", spurte hun ut i luften, "ordne det slik at den andre som kan lese boken min." Hun stakk hånden ned i skuffen og holdt den opp. "Så de eneste som kan lese den, i tillegg til meg selv, er Lia, Alfred og E-Z. Ingen andre. Hvis noen andre finner den og blar i den, vil alle sidene være blanke."

Hun ventet på et tegn. Eller en lyd, men det kom ikke noe.

Hun la boken tilbake i skuffen, snudde seg og sovnet igjen.

POP

POP

"Sover hun ennå?" spurte Hadz.

"Jeg tror det. Hun snorker!"

"Vær forsiktig så du ikke vekker henne. Men vi må få henne om bord - offisielt, mener jeg."

"Erkeenglene ga henne krefter til å passe på Lia, E-Z og Alfred. De vet om henne", minnet Reiki om.

"Det er sant, og hun vil være lojal mot disse barna. Og de andre. Erkeenglene vet ikke detaljer om dem - og jeg tror det er best slik."

"Enig. Så hva må vi gjøre? For å få det til?"

"Rosalie", hvisket Hadz rett inn i det venstre øret hennes. "Du vil hjelpe Lia, E-Z og Alfred, ikke sant?"

"Ja," kurret Rosalie.

Reiki tok ordet. "Og hva med de andre? Er du villig til å beskytte dem? Selv fra erkeenglene?"

"Ja," svarte Rosalie.

"Veldig bra," sa Reiki. "La oss nå gi henne et hukommelsesløft. Vi vil vel ikke at hun skal glemme hva hun har sagt ja til å gjøre?"

Hadz og Reiki sang en sang,

"Minner er vakre ting.

Som svever rundt som røykringer.

Frem og tilbake, frem og tilbake

"La Rosalies minner holde henne på sporet.

Magi, magi i luften og i havet.

Binder vår kontrakt med Rosalie."

POP

POP

Hadz og Reiki var borte, mens gamle Rosalie snorket videre.

KAPITTEL 20

KUSINER

Om morgenen, i England, mens vannkokeren kokte, gjorde John og Paul seg klare. Datamaskinen var på, og søkemotoren var åpen.

"Jeg lager te", sa John.

"Jeg begynner å skrive", sa Paul mens han tastet inn Ezekiel Dickens i søkefeltet. "Åh", sa han. "Det var uventet."

John kom inn med et brett med te, sukkerbiter i en bolle, varm ristet brød med smør og et glass marmelade ved siden av. "Har du funnet noe?" spurte han.

"Har du funnet noe?", spurte han.

"Ta en titt på dette", sa Paul, snudde på skjermen og rørte sukkerklumper i teen.

Det var The Three's Superhero-nettstedet. De så på mens E-Z presenterte seg, etterfulgt av Lia og Alfred.

"Er dette ekte?" spurte John. "De ser ut som tre figurer fra en tegnefilm."

Så startet gjenskapingen av berg- og dalbaneredningen. Paul trykket på PAUSE. Han åpnet et nytt vindu. Han skrev inn Amusement Park Rescue E-Z Dickens. En avis med en artikkel om det dukket opp. "Den er ekte", sa han.

"Så Charles' slektning er altså en superhelt?"

"Synes du at vi i det hele tatt ser like ut?" spurte Charles. Han halvsov fortsatt i den overdimensjonerte pyjamasen han hadde fått av dem. Han tok en skive ristet brød fra tallerkenen og bet i den.

"Dere har begge Dickens' neser", sa John.

Charles tok en nærmere titt på den pausede delen av skjermen.

"Basert på når dere ble født", sa Paul og googlet fra 1812 til i dag, ville E-Z være deres syvende eller åttende fetter og kusine."

"Hva betyr det at et søskenbarn er fjernet?"

"Det betyr antall generasjoner mellom dere", sa John.

"Forfaren min er altså en superhelt. Hva er en superhelt? Er det som i Sir Gwain og Den grønne ridderen?"

"Ah, jeg husker at jeg leste den på skolen da jeg var liten, ja, riddere og superhelter ligner på hverandre", sa Paul.

John scrollet nedover for å se om E-Z Dickens var nevnt andre steder. Det var YouTube-klipp av ham mens han spilte baseball, både før og etter at han satt i rullestol.

"Han er litt av en idrettsmann", sa John. "Og han driver med idrett i rullestol."

"Spillet ligner på Rounders", sa Charles.

"Vent, her er noe om foreldrene hans", sa Paul.

De leste dødsannonsene for E-Zs foreldre, om ulykken som hadde tatt livet av dem.

"Stakkars gutt", sa Charles. "Han har i hvert fall sin fars bror Sam til å passe på ham nå."

"Hvorfor ringer vi ham ikke bare?" spurte Paul. Han bladde opp telefonen og ringte informasjonen.

Charles kikket seg over skulderen mens Paul snakket inn i den, og en kvinnestemme svarte. "Jeg trenger en kopp te", sa han.

John gikk ut på kjøkkenet for å hente en.

I mellomtiden ba Paul om nummeret til en Ezekiel Dickens i Nord-Amerika. Etter at han hadde slått nummeret og telefonen begynte å ringe, satte Paul den på høyttaler.

"Hallo", sa Sam.

Charles holdt på å miste tekoppen sin.

"Hallo, jeg heter Paul og ringer fra London i England. Jeg vil gjerne snakke med Ezekiel Dickens, takk."

"Jeg er onkelen hans, kan jeg spørre hva dette gjelder?" Sam gikk nedover gangen til E-Zs rom.

De tre så på en film på den nye flatskjermen. Sam tok opp fjernkontrollen og trykket på MUTE. Så satte han telefonen på høyttaler.

"For å være ærlig er jeg ikke helt sikker", sa Paul. "Det er ikke jeg som vil snakke med ham, det er vel..."

"Meg." En ny stemme tok over telefonen. En yngre persons stemme.

"Og hvem er du?" spurte Sam.

"Jeg heter Charles Dickens."

Sam ga telefonen til nevøen sin. "Han sier at han heter Charles Dickens."

"Jeg sa jo at det ville skje noe merkelig i dag", sa Alfred.

"Jeg også", sa Lia, "men jeg visste ikke at det ville involvere Charles Dickens!"

E-Z nølte før han sa: "Dette er E-Z Dickens, herr Charles. Hva kan jeg hjelpe deg med?"

Charles lo. Det var en nervøs latter. Han visste ikke hva han skulle si. Han hadde aldri snakket med noen som befant seg på den andre siden av jorden før.

"Jeg kom tilbake", utbrøt han. "For å finne deg. John og Paul, vennene mine, er (han holdt hånden over telefonen) - detektorister..."

E-Z hadde ikke hørt begrepet detektorister før.

"De bruker apparater for å finne ting", sa Alfred.

Paul tok over. "Det havnet en ting i elven. Charles Dickens var i den. To lys, ett grønt og ett gult, fortalte oss at Charles trengte å komme i kontakt med E-Z Dickens."

"Hva slags ting?" spurte E-Z. "Var det en slags silo?"

"John her", sa en ny stemme. "Nei, det var en kube. En speilvendt kube."

E-Z holdt hånden over telefonen: "Det høres ikke ut som en sånn silo."

"Har englene sendt deg?" "Jeg heter Lia, forresten, og den andre stemmen du hørte, var Alfred. Vi er her sammen med E-Z og Sam."

"Hyggelig å treffe dere alle sammen", sa Charles.

"Hvor gammel er du?" spurte E-Z.

"Rundt ti, tror jeg. Er det sant at vi er fettere og kusiner?"

"Ja", sa E-Z, "og onkel Sam er også fetteren din."

"Vi er forbundet gjennom tid og rom", sa Charles.

"E-Z er også forfatter," sa Sam.

E-Z krympet seg og ble varm i kinnene.

Sam albuet nevøen tilbake til virkeligheten.

"Dette er mye å ta inn over seg, herr Dickens, jeg mener Charles. Vi må planlegge å få deg hit, eller så kan jeg komme til deg. Kan du bli hos John og Paul en stund, så tar vi kontakt igjen når vi har funnet ut hva vi skal gjøre?"

Paul sa: "Ja, mamma sier at Charles ikke er noe problem i det hele tatt. Han kan bo hos oss så lenge han vil."

"Jeg ringer deg tilbake", sa E-Z.

Telefonen ble lagt på.

"Forresten", sa Sam, "det var ikke noe nyttig på Ardens harddisk. Annet enn å bekrefte at de var online sammen og spilte et skytespill for flere spillere."

"Godt å vite", sa E-Z. Det hadde han allerede funnet ut selv.

KAPITTEL 21

PLANEN OG ROSALIE

På ROMMET SITT DISKUTERTE E-Z, Lia og Alfred sammen med onkel Sam samtalen de hadde hatt.

"Jeg kan ikke tro at den ekte Charles Dickens ringte oss på telefonen", sa Sam.

"Ja, men jeg skjønner ikke hvorfor han er her. Og hvorfor han kom hit", sa E-Z. "Jeg mener, han er ti år gammel - tror han. Og reisemåten hans høres merkelig ut, en firkantet boks med speil. Hva i all verden er det for noe?"

"Det høres ikke ut som et romskip", sa Alfred, "ikke at vi vet hvordan det ser ut."

"Vent litt!" sa Lia.

E-Z så på henne. "Tenker du det samme som meg?"
Hun nikket.

"HVA?" spurte Alfred.

"Husker du da erkeenglene tilkalte oss for å fortelle oss at en av oss måtte dø?" spurte Lia.

Alfred og E-Z nikket.

"Tenk på beholderen. Som om du er tilbake i den igjen og husker tingene vi fant. Papirene vi fant?"

"Jeg skjønner hva du mener. Du mener den utenomjordiske informasjonen. Om livene våre i alternative dimensjoner?" spurte E-Z.

"Nettopp," sa Lia.

Alfred hoppet opp og ned på sengen.

"Hva?" spurte Sam.

E-Z forklarte så godt han kunne.

"La meg se om jeg har forstått dette riktig", sa Sam. "Vi har alle et liv et annet sted enn her. Jeg mener på jorden. Det finnes andre versjoner av oss selv som lever andre liv enn vårt. I andre tider, andre rom, andre dimensjoner."

"Det stemmer", sier E-Z.

"Kan vi endre livene våre da?" spurte Sam. "Jeg mener, endre utfallet? Kan vi forhindre at forferdelige ting skjer?"

"Jeg tror ikke det," sa Lia. "Men jeg vet ikke hvor mye de vil at vi skal vite om de andre dimensjonene. Men ut fra det Eriel fortalte oss, er vi sentrum. Alt annet som skjer, dreier seg om oss og de livene vi lever nå."

"Så", sa Alfred, "det at Charles Dickens er her, må ha noe med Eriel og de andre å gjøre."

"Ja, det er det jeg også tenker," sa E-Z. "Men hvorfor nå? Prøvene er over. Det var deres valg. Likevel klarer de ikke å la meg være i fred."

"Å bringe Charles Dickens tilbake. Og en ti år gammel versjon av ham! Jeg skjønner ingenting av det", sa Lia.

"Kanskje alt gir mening når vi møter ham," sa Sam, "da vil alt gi mening."

"Ikke hvis det involverer Eriel", sa E-Z. "Ingenting er alltid enkelt med ham."

"Det ser ut til at en tur til London er den eneste måten vi kan finne ut av det på", sa Sam.

"Det føles som om det ikke er så lenge siden jeg var der."

"Ja, det er lett for deg å dra dit. Alt du trenger å gjøre, er å peke stolen i riktig retning, og så er du i gang", sa Alfred. "Men med meg er det mye energi involvert med all den flappen, og vinden er en faktor."

"Du kan jo hoppe på et fly hvis onkel Sam blir med deg", foreslo E-Z. "Alt du trenger å gjøre, er å fly. "Alt du trenger å gjøre, er å sette deg i et sete sammen med de andre passasjerene og nyte turen."

Alfred hang med hodet.

"Jeg sier det ikke for å gi deg dårlig samvittighet. Jeg minner deg bare på at vi alle er i samme båt."

"Det skjønner jeg. Og takk skal du ha."

"Ok, nå går vi tilbake til saken", la E-Z til. Han klikket av fjernsynet.

Lia stirret fremover, som om hun var i transe. "Rosalie!" utbrøt hun.

"Hvem?" spurte Alfred.

Lia fortsatte å stirre ut i luften.

"Går det bra med Lia?" spurte Sam. "Hun puster så vidt."

Lia reiste seg. "Jeg har noe å fortelle deg. Jeg har møtt noen, ikke i virkeligheten, men i hodet mitt. Hun er i hodet mitt, og jeg har snakket med henne en god stund. Hun ba meg om ikke å si noe - ennå. Jeg tror det kan ha sammenheng med denne Charles Dickens-reinkarnasjonsgreia."

"Vi lytter", sa E-Z og lente seg nærmere.

"Hun heter Rosalie. Hun bor på et aldershjem i Boston - og hun er ganske gammel. Hun er dement."

"Er det ikke den som gjør at man mister hukommelsen?" spurte Alfred.

Men så snart Rosalie hørte Lia nevne navnet sitt, ble hun forflyttet til E-Zs rom, både i hodet og i kroppen. Hun svevde over dem og lyttet nøye til hvert eneste ord som ble sagt. Hun kremtet for å se om de kunne se eller høre henne - det kunne de ikke. Hun skulle ønske hun hadde tatt med seg notatblokk og penn.

BINGO.

Hun fikk begge deler i hendene. Hun smilte og begynte å notere.

"Mener du at dere to har kontakt med hverandre - gjennom ESP?" spurte Alfred. "Jeg trodde jeg var den eneste som hadde ESP."

"Det er ikke akkurat ESP, tror jeg. Ikke på samme måte som du har det."

"Hvordan da?" spurte Alfred.

"Rosalies minner er borte. De fleste av dem, i hvert fall. Hun kjenner ikke engang igjen familien sin når de kommer på besøk. De kommer ikke ofte på besøk. Hun har ikke noe imot det, for hun liker dem ikke. Men på en eller annen måte fikk vi kontakt. Og hun visste alt om oss og kreftene våre. Hun har passet på oss, på en måte."

"Hvorfor forteller du oss dette nå?" spurte E-Z.

"Fordi hun sa at det var greit. Og hun nevnte også Det hvite rommet. Hun har vært der ikke bare én, men to ganger. Første gang kom hun trygt tilbake til sengen sin - men ikke denne gangen. Hun sier at hun er der nå, og at de ikke lar henne dra hjem."

"Som dere begge vet, har jeg vært i Det hvite rommet," sa han. "Det var der erkeenglene først ga meg løfter og sa at jeg skulle få være sammen med foreldrene mine igjen. I bunn og grunn var det der de tok meg om bord ved hjelp av prøvelsene."

Sam supplerte: "Eriel kidnappet meg til Det hvite rommet en gang. Det var hyggelig nok, i hvert fall til å begynne med - helt til han ikke lot meg dra."

"Ja," sa E-Z, "Eriel er taktløs. Og det er et ganske kult sted. Du får det du ber om ved å tenke på det - som magi. Og det finnes bøker - bøker med vinger. Men jeg vil ikke gå for mye i detalj her - la oss fokusere på Rosalie. Hva skjer nå?"

Rosalie lo og tenkte på hva som ville skje hvis hun fortalte Lia at hun var på to steder samtidig. Nei, det ville kanskje skremme dem. Hun snakket med Lia i hodet og fortalte noen hvite løgner underveis.

"Hun sier at hun later som om hun sover. Hun husker to prikker, en grønn og en gul, som svever foran øynene hennes."

"Hadz og Reiki," sa E-Z. "Si at hun ikke skal være redd for dem. De er de gode."

Rosalie sukket. Så innså hun at dette kanskje var muligheten hun hadde ventet på. Å fortelle De tre om de andre. Hun tenkte seg nøye om, og bestemte seg så for at det var på tide å dele det hun visste.

"Å, vent, hun vil at jeg skal fortelle deg noe." Lia stirret fremover mens Rosalies stemme strømmet ut mellom leppene hennes: "Det finnes andre som deg, jeg har sett dem. Jeg tror det er derfor jeg er her."

"Andre som oss?" Lia, Alfred og E-Z utbrøt.

"Jeg er ikke sikker på hvor mye jeg skal fortelle dem om de andre barna her i rommet. Har dere noen råd til meg? Hva skal jeg si? Kommer de til å såre meg? Hvis jeg forteller dem om de andre barna - vil de såre dem?" sa Rosalie gjennom Lia.

"Over til deg, E-Z," sa Lia som seg selv.

"Lytt til hva de har å si først," sa E-Z. "De vil fortelle deg hva de allerede vet, og så kan du avgjøre hvor mye, om noe mer, de trenger å vite."

"Et godt råd", sa Alfred. "Vær alltid en god lytter. Spesielt når du blir holdt fanget mot din vilje på et fremmed sted."

Lia tilbød: "Jeg skal holde gutta her oppdatert, hvis du vil at vi skal holde oss på tråden - for å si det sånn."

Rosalie brukte Lias munn som sin egen: "Jeg må ha alle mine evner i behold... så jeg sier over og ut for nå. Takk til deg og gjengen for hjelpen. Jeg tar kontakt hvis jeg trenger deg mens jeg er her. Ellers får dere høre fra meg når jeg er hjemme igjen, og det blir snart, for jeg savner middagen. I kveld blir det kalkun, potetmos og erter." Hun nølte. "Og forresten, Lia, det er en fin topp du har på deg."

BINGO.

"Takk", sa Lia og så ned på t-skjorten og lurte på hvordan Rosalie visste hva hun hadde på seg.

"Hva?" spurte E-Z.

"Å, ingenting", sa Lia.

Tilbake i Det hvite rommet igjen. Rosalie tenkte at notatblokken hadde gjort bedre nytte for seg i skuffen på nattbordet.

BINGO

Og de var borte.

BINGO

Middagen kom. Hun hadde spist alt som var deilig, men nå kunne hun bare tenke på en jordbærshake.

BINGO.

En slik kom, og ved siden av den et stykke sitronmarengspai.

Det var da Eriel og Raphael ankom.

"Åh, åh", sa stigen mens de svevde ned mot henne og så ut som om de var utkledd til Halloween.

"Drømmer jeg? Eller er jeg død?" spurte Rosalie.
"Ingen av delene", svarte erkeenglene.

KAPITTEL 22

MØTE OG HILSE

"BARE SPIS FERDIG, DERE", sa Raphael.

"Ja, vi har ikke noe bedre å gjøre," sa Eriel.

Mens de så på at hun spiste, hadde Rosalie problemer med å tygge. Vanskeligheter med å smake. Og det virket kaldere. Hun kastet et blikk på bokhyllene og stigen. Hun hadde en følelse av at disse to fremmede ikke hadde noe godt i gjære da hun la fra seg kniv og gaffel.

"Først og fremst", begynte Eriel, "må denne samtalen forbli mellom oss og bare oss."

I tankene snakket hun til Lia. "Er du der, barn? Hører du etter?"

"...utslettelse."

"Unnskyld," sa Rosalie, "men kan du begynne på nytt, jeg mener fra begynnelsen? Jeg er gammel og har mistet oversikten over hva du fortalte meg."

Eriel fnøs. Som en liten gutt som har fått kjeft, åpnet han vingene og fløy av gårde. Da han nærmet seg toppen av biblioteket, la han armene i kors og ventet. Ventet på at Rafael skulle gjøre et forsøk.

Raphael lente seg nærmere Rosalie.

"Brillene dine er veldig fine," sa Rosalie. "Men de gjør meg litt sjøsyk med alt blodet som pulserer og flyter rundt der inne."

Eriel lo.

Raphael tok av seg brillene og stakk dem i lommene på den svarte kappen.

"Min kjære Rosalie," ropte Raphael, "vær så snill og overse min lærde venns uhøflighet, men vi er i en situasjon her. En situasjon der vi ikke bare trenger din hjelp, men også hjelpen til E-Z, Lia, Alfred og de andre. Du vet vel hvem jeg sikter til når jeg nevner de andre?"

Rosalie nikket uten å si noe.

"Vi er et team av erkeengler, og kreftene våre er begrensede. Det som skjer over hele verden, skjer med sjelene."

"Du mener når folk dør?" spurte Rosalie.

"Nettopp."

"Men er ikke det mer deres domene enn vårt? Du har jo snakket med Gud - han kjenner deg, ikke sant? Og hvis du prøver å avhjelpe en alvorlig situasjon, hvorfor ikke spørre ham direkte?"

Siden Raphael og Eriel ikke sa noe, fortsatte Rosalie.

"Så vidt jeg har forstått, blir kroppen begravet når en person dør. Eller kremeres. Sjelen - hvis den eksisterer - lever videre et annet sted."

I løpet av sekunder var Eriel i ansiktet hennes og snerret. "Det stemmer ikke.

Raphael dyttet ham til side. "Det er mer komplisert enn du aner. For komplisert til at de fleste mennesker kan forstå det."

"Mennesker er ganske smarte," sa Rosalie. "Vi har vært på månen, vi har oppfunnet flyet, internett og ild. Jeg er ikke noe geni, og likevel tok du meg med hit for å overbevise meg."

Eriel lo igjen.

Denne gangen kunne ikke Raphael dy seg, og også hun lo.

Og lo. Og lo.

Ingen av dem klarte å la være.

Rosalie ignorerte dem. Ignorerte det som skjedde rundt henne. Stigen som kastet seg frem og tilbake, frem og tilbake. Bøkene som spratt ut og inn igjen. Det var så mye bråk. Så bråkete. Hun lengtet etter stillheten på rommet sitt igjen.

Anne fra Bjørkely, tenkte hun.

BINGO.

Hun hadde boken i hendene. Hun åpnet den, fant et bokmerke og leste. Hvis de trengte hennes hjelp, måtte de jobbe for det. Nå som de hadde fornærmet henne og hele menneskeheten, hadde hun ikke tenkt å gjøre det lett for dem.

"Bra for deg," hvisket Lia inn i Rosalies sinn. "Det er du som bestemmer. Og jeg er her sammen med E-Z og Alfred, og vi støtter deg."

Raphael og Eriel lo fortsatt. Ute av kontroll. De spratt inn i hverandre i luften, som ballonger som var bundet sammen.

Så kom hun på at hun ikke hadde spist sitronmarengspaien sin ennå. Hun la boken til side, stakk gaffelen i den og tok en bit. Den var perfekt. Ikke for søt eller for syrlig, akkurat slik moren pleide å lage den. Hun tok en gaffelfull til.

Over henne var Eriel og Raphael hysteriske.

"Hold opp!" ropte Rosalie. "Dere to er de frekkeste og mest motbydelige jeg noensinne har møtt. Og jeg har møtt noen ganske motbydelige mennesker i min tid." Hun la fra seg gaffelen. "Har dere ikke lært dere noen manerer? Noen manerer i det hele tatt?" Hun tok opp gaffelen og pekte den i deres retning.

Eriel fløy ned. I løpet av sekunder var han over Rosalie med åpen munn. Hun stakk gaffelen ned i sitronmassen og stakk den deretter inn i erkeengelens munn.

"Æsj!" skrek han. Han spyttet det ut som om hun hadde gitt ham arsenikk.

"Mor har alltid lært meg å dele," sa hun og smilte.

Eriels blekhet endret seg fra svart til grønn. Etter å ha kastet opp forsvant han gjennom veggen.

"Han liker visst ikke pai." sa Rosalie.

Lia lo i Rosalies hode.

Raphael tok opp brillene fra lommene i morgenkåpen, pusset dem og satte dem tilbake på ansiktet. Hun satte seg ved siden av Rosalie. Hun var så nær at hun nesten satt på fanget hennes.

Stakkars Rosalie.

"VI VET AT DET FINNES FLERE, OG VI MÅ VITE HVEM DE ER OG HVOR DE ER - NÅ!"

Mens hun snakket, forvrengte Raphaels ansikt seg til det ugjenkjennelige.

Rosalies hår reiste seg. Kroppen hennes skalv.

"Uhøflige mennesker får aldri det de ber om, og du, min kjære, er veldig uhøflig. Og det er vennen din også," hvisket Rosalie.

Rosalie ble seg selv igjen slik hun hadde vært før.

Men denne gangen hadde erkeengelens takt og tone endret seg. Og stemmen hennes var sirupaktig da hun sa,

"Jeg skal gå gjennom den veggen og slutte meg til Eriel. Om fem minutter kommer vi tilbake og begynner på nytt. Vi trenger din hjelp - du har rett - og vi ber ikke om den på den måten vi burde." Så til kvinnen i veggen: "Sett tidtakeren på fem minutter." Så tilbake til Rosalie: "Når tiden går, kommer vi tilbake og begynner på nytt." Som lovet beveget Raphael seg mot veggen og forsvant gjennom den.

Klokken i veggen tikket høyt. Den virket malplassert. Til og med for bråkete for biblioteket.

"Det er veldig irriterende!" sa stigen og gikk nærmere.

"Jeg beklager alt bråket," sa Rosalie. "At jeg er her, har bare skapt kaos for dere."

"Vi liker deg", sa stigen. "Hvorfor beveger du deg ikke litt rundt? Det vil få deg til å føle deg bedre."

Rosalie reiste seg og forventet å føle seg trøtt etter å ha spist et så stort måltid. I stedet var hun full av energi. Spesielt i beina. De føltes som om hun var ti år igjen. Hun gjorde en jumping jack. Så gøy!

"Og nå", sa Rosalie, "skal hun gjøre sitt neste triks. Oldemor skal prøve seg på ikke bare én, ikke to, men tre hjulsprang etter hverandre", og det gjorde hun. "Takk, takk!" sa hun og bukket og vinket som om hun hadde vunnet en gullmedalje i OL.

BRRRIIIING.

Tiden gikk ut. Eriel og Rafael ankom.

Erkeenglene var kledd forskjellig. Som om de skulle på to forskjellige fester.

Eriel hadde på seg en mørk nålestripet dress, hvit skjorte og slips.

Rafael hadde på seg en rød Mumu-lignende kjole som dekket hele kroppen fra halsen til tærne.

"Jeg føler meg underkledd", sa Rosalie.

BINGO.

Nå hadde hun på seg den fineste kjolen sin. Det var den hun hadde sagt at hun ville ha på seg etter at hun døde.

Hun falt ned i stolen med blikket rettet oppover. Og erkeenglene svevde mot henne. Vingene deres beveget seg, som sommerfuglvinger, mens de nærmet seg henne med ynde og skjønnhet. Hun fikk tårer i øynene.

"Hva kan jeg hjelpe dere med, kjære dere?" spurte Rosalie.

Det var som om de hadde en makt over henne nå, en makt hun ikke ønsket å overvinne. Hun falt ned på gulvet og knelte nå foran de to erkeenglene. Rafael tok henne på høyre skulder, og Eriel tok henne på venstre skulder.

"Fortell oss det vi trenger å vite," kurret de.

"De andre er spredt," sa hun, og så falt hun til gulvet som en marionett uten tråder.

"Hun er for gammel for dette", sa Eriel. "Hvis hun dør, har vi ingen nytte av henne."

"Fortsett, det virker."

POP.

POP.

Hadz og Reiki dukket opp og hvisket inn i Rosalies ører. De hjalp henne på beina.

"Forsvinn herfra, dere to inntrengere!" ropte Eriel med eksplosiv stemme,

Rosalie våknet opp fra trancen de hadde satt henne i.

"Forsvinn!" utbrøt Raphael, og det kom ikke noe POP, i stedet hørtes et enkelt

SPLAT.

Rosalie satte hendene i hoftene: "Jeg håper at dere ikke gjorde de to kjæledeggene noe vondt. Hvis du vil at jeg skal vurdere å hjelpe deg, bør du faktisk ta dem med tilbake hit NÅ, så jeg kan se at de har det bra. Jeg nekter å si noe mer til deg før du kommer tilbake med dem." Hun gikk gjennom rommet, satte seg med ryggen mot den hvite veggen, lukket øynene og ventet. Hun hadde hele dagen, hele uken, hele året. Hun hadde ikke hastverk med å komme seg noe sted eller gjøre noe som helst.

POP.

POP.

"Takk," sa Hadz og Reiki mens de satte seg på Rosalies skuldre.

"Vi roter dette til," sa Raphael. Så til Hadz og Reiki: "Dere vet hvilken situasjon jorden er i. Kan dere hjelpe oss med å få hjelp av dette mennesket?"

Reiki sa: "Vi vet at det er en situasjon! Hvis du ikke hadde brutt avtalen med E-Z, Lia og Alfred, hadde de allerede vært om bord. Rosalie stoler ikke på noen av dere."

Hadz sa: "Og du har ikke vært ærlig mot henne."

Hadz sa: "Med mennesker betyr tillit og ærlighet alt."

Eriel stormet mot dem.

Raphael holdt ham tilbake før hun sa: "Vi har begått en feil, og denne feilen har både årsak og virkning. Vi prøver å redde jorden fra følgeskader. Den eneste måten vi kan gjøre det på, er å tilkalle dem som har fått krefter, overnaturlige superheltkrefter. Uten dem vil menneskeheten mislykkes - og det vil være vår feil."

Rosalie reiste seg. Hun kastet et blikk på de to små skapningene som satt på hver sin skulder. "Kan jeg stole på disse to?"

"Raphael er til å stole på", sa Hadz.

"Men vi er ikke sikre på ham," sa Reiki.

POP.

POP.

Begge forsvant, i frykt for å bli sendt tilbake til gruvene av Eriel.

Eriel steg høyere og høyere og forsvant gjennom taket.

Rosalie skiftet tema. "Mens jeg tenker på det, kan du forklare hva dette stedet er? Jeg kaller det Det hvite rommet, men er det riktig navn - og hvorfor dukker det opp hver gang jeg ønsker meg noe? Kanskje det heter Det magiske rommet?" I det øyeblikket tenkte Rosalie på E-Z, engelen/gutten i rullestolen.

ACK.

E-Z ankom.

"Jøss!" sa han da han innså at han hadde sluttet seg til Rosalie i Det hvite rommet. Han tenkte på solbrillene sine og

PRESTO

Han hadde dem på ansiktet. Han gikk rundt i rommet og kjente på beina og gulvet igjen. Så rakte han frem hånden og sa: "Du må være Rosalie."

"Og du må være E-Z", sa hun, "uten rullestolen din. Dette stedet er virkelig magisk!"

"Og hei, Raphael."

"Velkommen, E-Z," sa Raphael. Så sa han til Rosalie: "Så mye for diskresjon - dette var ment å være konfidensielt."

"Uansett hva hun lover deg, kommer hun til å bryte løftene sine. Hun er elendig til å holde ord - og Eriel er enda verre, i likhet med Ophaniel - og du har ikke engang møtt henne ennå. Men du skal vite at de er en gjeng løgnere alle sammen."

"Det har jeg skjønt", innrømmet Rosalie. "Og da han dro, oppførte Eriel seg som et bortskjemt barn."

"Det skulle jeg gjerne ha sett," sa E-Z. "Det høres veldig lite Eriel-aktig ut, men det hadde vært fantastisk å se."

"Nå er det nok med disse høflighetsfrasene", sa Raphael. "Jeg har vel ikke noe annet valg enn å forklare situasjonen for dere også." Hun stampet med føttene, og vingene falt ned langs sidene i surmuling. Hun snudde seg mot E-Z og Rosalie. "Verden må reddes på grunn av en feil fra vår side. Vil du og de andre hjelpe oss med å rette opp situasjonen - jeg mener redde jorden, eller ikke?"

Rosalie og E-Z vekslet blikk.

"Vær så god", sa hun. "Jeg er med på det dere bestemmer dere for."

E-Z svarte ikke med en gang.

"Hvis du forteller meg alt, skal jeg formidle det til de andre, så stemmer vi over det. Vi er en demokratisk gruppe."

"Hvor lang tid tar det?" spottet Raphael. "Og hvordan kommer du tilbake til meg? Skal jeg kanskje holde Rosalie her som fange til du finner ut av det? Er tjuefire timer nok?"

Rosalie sa: "Jeg har ikke noe imot å bli i dette rommet. Det er nok av bøker å lese, og jeg kan bestille hva jeg vil. Mye mer interessant og spennende enn å være hjemme."

E-Z nikket. Til Rosalie sa han: "Takk, og du har rett i at dette rommet er ganske spesielt. Du vil være trygg her." Og til Raphael: "Rosalie skal ikke være fangen din, hun skal faktisk være gjesten din." En bok fløy ned fra hyllen og landet i hånden hans. Det var Harry Potter og Mysteriekammeret.

"Den vil jeg gjerne lese", sa Rosalie. Boken forlot E-Zs hånd og fløy mot Rosalie. Hun tok imot den, åpnet den og begynte straks å lese.

"Rosalie er gjesten vår", sa Raphael. "Tjuefire timer, da?"

"Tjuefire timer", samtykket E-Z.

"Vent!" skrek en stemme. En stemme uten kropp. En stemme som ga ekko og ekko. Helt til en bok løsnet fra en hylle over. Den stupte mot gulvet, helt til vingene brøt frem og reddet den fra å brekke ryggen.

Raphael så forskrekket ut over stemmen. Hun prøvde å trekke seg tilbake, men noe holdt henne tilbake.

Rosalie og E-Z ventet og lyttet.

"Raphael har ikke fortalt dere alt," sa den dundrende stemmen.

Det var som om luften vibrerte for hver stavelse, men på en god, snill og mild måte, ikke på en skremmende måte.

"Fortell oss", sa E-Z.

"Litt stillere," foreslo Rosalie. "Jeg er gammel, men ikke døv, vet du!"

"Beklager", sa stemmen. Han kremtet seg. Så hvisket han: "E-Z Dickens, husker du valgene vi ga deg? De to valgene?"

E-Z husket dem godt nok. Det ene var å forbli i siloen for alltid. Minnene om familien gikk i loop. Det andre var å vende tilbake til livet med onkel Sam.

"Ja."

"Fortell meg hva du husker om valgene?" spurte stemmen.

"De sa at jeg kunne bli i beholderen og gjenoppleve minnene om familien min i loop eller vende tilbake til livet med onkel Sam."

"Og sjelefangeren? Hva med den?"

"Ingenting", innrømmet E-Z med et skuldertrekk.

Stemmen brølte - som om den fikk vondt av å snakke nå. Hyllene ristet, og ting POPPET ut og inn i luften på måfå. Først var det en gigantisk sylteagurk. Den grønne gjenstanden snurret først med klokken, så mot klokken, før den forsvant.

Deretter dukket det opp en speilkule over dem. Den skiftet farge mens den snurret rundt. Da den snurret altfor raskt, fryktet de at den ville styrte ned over dem. De søkte dekning, men før de rakk det, forsvant ballen.

Deretter dukket hodet til en klovn opp. Det svevde foran dem og sa: "Hva er svart og hvitt og svart og hvitt og svart og hvitt og svart og hvitt og svart og hvitt."

"Nå er det nok!" tordnet stemmen.

"Jeg er lei for det", sa Raphael.

"Det burde du være!", skalv den første stemmen. Så sa han roligere, mer forsiktig, mykt: "E-Z og teamet hans må få vite om sjelefangerne - alt. Ellers vil de ikke forstå kompleksiteten i bruddet."

Stemmen tok en pause i noen sekunder og fortsatte: "En sjelefanger fanger opp sjeler når en menneskekropp dør. Det er et uendelig hvilested. Alle mennesker og alle skapninger har beholdere å gå til. Det du kalte en silo, er en sjelefanger. Et hvilested i all evighet."

"Ok", sa E-Z. "Hva har dette med verdens undergang å gjøre?"

"Jeg vil se sjelefangeren min," sa Rosalie.

"Hvis du og vennene dine ikke GJØR NOE, vil ingen ha en sjelefanger. Når kroppen din dør, dør du. Sånn er det bare. Slutt på det. Sjelen din og alle andres sjeler vil ikke ha noe sted å dra, og når en sjel ikke har noe sted å dra, har den ingen hensikt. Den har ingen grunn til å eksistere lenger. Og uten sjeler er mennesker bare kjøttdrakter."

"Vent nå litt", sa E-Z. "Mener du at den personen som er ansvarlig for sjelefangerne. Hva du enn kaller dem - administrerende direktør, president, du skjønner poenget. Mener du at de har blitt kompromittert?"

Raphael åpnet munnen for å svare, men E-Z var ikke ferdig med å snakke ennå.

"Hvordan fungerer denne sjelefanger-greia egentlig? Jeg har blitt tilkalt til min ved flere anledninger, og jeg er ikke engang DØD. Mener du at disse, hva de nå enn er, kan tvinge meg inn i sjelefangeren min etter eget forgodtbefinnende?" Han nølte: "Og hva vet du om Charles Dickens? Han ankom i en speilvendt beholder, altså ikke en sjelefanger. Hvordan kom sjelen hans fra ett sted til et annet? Skyldes oppstandelsen hans dere erkeengler?"

Raphael ventet for å se om han hadde flere spørsmål.

Det hadde han.

"Og hva med mine to bestevenner PJ og Arden? Hvordan passer de inn? De ligger begge i koma. Jeg vil vekke dem til live igjen. Vil det hjelpe dem å hjelpe deg?"

Stemmen i veggen tordnet som svar.

"Ingen driver Soul Catchers. Det er ikke som et profittdrevet selskap. Når noen dør, blir sjelen deres fanget, og den lever i den tildelte sjelefangeren."

"Jeg skjønner det ikke", sa E-Z. Så: "Vent litt, har noen eller noe kapret sjelefangerne? Og hvis svaret er ja, trenger jeg definitivt mer informasjon om hvem de er før vi griper inn. Hvis dere erkeengler ikke kan slå dem, hvordan skal vi da kunne gjøre det?"

Stemmen i veggen sa til Raphael: "Vel, Eriel tok feil da han sa at denne gutten er tykk som en murstein. Han klarte det på én gang. Godt gjort, E-Z."

"Takk, tror jeg", sa han. "Men hva var det jeg gjorde riktig?"

Stemmen fortsatte. "Tre gudinner har faktisk kapret sjelefangerne."

E-Z åpnet munnen for å si noe, men før han rakk det, snakket stemmen igjen.

"Charles Dickens ankom ikke i en sjelefanger, slik du mistenkte. Blodsbeslektede har makt over tid og rom. Du tilkalte ham. Han kom for å hjelpe deg."

"Jeg tilkalte ham ikke!" sa E-Z.

"Likevel er han tilbake, og han visste hva du het og ville hjelpe deg, stemmer det?"

E-Z nikket.

"Og som svar på det siste spørsmålet ditt, ja, vennene dine er i livsfare på grunn av de tre gudinnene."

"Gudinner?" E-Z gjentok. "Som i gresk mytologi? Er de virkelige? Jeg trodde alle de historiene var fiksjon."

"De er basert på historiske fakta", sa Raphael.

"Vi kan ikke slåss mot et lag med mytologiske gudinner!" utbrøt E-Z. "Vi er bare barn."

"Risikoen er mye større hvis dere ikke gjør det, for vi har ingen andre å be om hjelp. Det finnes ingen Batman, ingen Spiderman, ingen virkelige superhelter. De eneste heltene er dere, kan dere det? Kan dere hjelpe oss? Vi vet hvordan vi skal løse dette problemet, vi trenger folk på bakken. Mennesker med krefter kan vinne. Du kan slå denne tingen. Disse tingene. For det første kan dere SE dem. Det kan ikke vi", sa Raphael.

"Jeg vet at dere trenger hjelp, men jeg kan ikke se hvordan vi kan redde dagen - ikke mot mektige gudinner. Ja, vi har krefter, men hva er det egentlig vi står overfor? Hva forventes av oss? Hva er farene for oss? Du er jo allerede død - det er ikke vi. Hvis vi hjelper, hva er risikoen?"

Han nølte, og da ingen sa noe, fortsatte han.

"Hvis vi går med på det, kan du beskytte onkel Sam, kona Samantha og barna? Kan du sørge for at PJ og Arden ikke ender opp døde i Soul Catchers? Og hva får vi ut av det? Vi risikerer jo livene våre. Dere er ikke mennesker, så dere har ingenting å tape!"

Rosalie innskjøt: "E-Z, jeg kan ikke se at du har noe valg. Du har rett, det vil være en risiko, og jeg er ikke død ennå - men jeg er gammel - så risikoen for meg er ikke så stor. Dessuten liker jeg tanken på at når livet mitt tar slutt, vil det være en sjelefanger som venter på meg."

E-Z nikket. "Det skjønner jeg. Tanken på at foreldrene mine svever rundt. Alene. Hjemløse. Uten sjelefanger. Det gjør meg kvalm. Jeg blir så sint at jeg får lyst til å spytte. Men jeg må likevel snakke med de andre", gjentok E-Z og la beina i kors. Det føltes så godt å kunne gjøre så enkle ting som å krysse beina.

Du begynner å bli litt av en talekunstner, sa Lia i hodet hans.

"Øh, takk," svarte han.

"Som du var da", sa stemmen. "Tjuefire timer. I mellomtiden blir Rosalie her hos oss."

"Som din gjest", understreket E-Z.

"Jeg klarer meg", sa Rosalie. "Og jeg skal holde kontakten ved å chatte med Lia. Lia og jeg elsker å prate."

Han nikket. Med Lia, via Lia. E-Z var ikke sikker på hva de visste og hva de ikke visste - men han hadde ikke tenkt å gi dem noe de ikke allerede hadde.

"Vi ses snart", sa han og vinket farvel.

Så var han tilbake i rullestolen igjen. Han sto ansikt til ansikt med vennene sine. Men hvordan kunne han fortelle dem det? Hvordan skulle han forklare det?

Til slutt bestemte han seg for at det beste var å si det rett ut. Og det var akkurat det han gjorde.

KAPITTEL 23

ENDRINGER

S ELV OM E-Zs NYHETER ikke var det de hadde forventet å høre, hadde både Alfred og Lia mye å svare på.

"De er ikke lite frekke!" utbrøt Alfred. "Etter det de gjorde mot oss. Jeg mener å gi løfter og så bryte dem og endre planen. Jeg for min del stoler ikke på noen av dem så langt jeg kan kaste dem."

"Dette er stort, og det handler om våre kjære som har dødd", sa E-Z.

"Hvordan det?" spurte Sam.

"Jeg kjenner ikke detaljene. Alt jeg vet, er at det dreier seg om tre onde gudinner som planlegger å kapre og kontrollere alle sjelefangerne."

"Det er jo helt sprøtt!" sa Lia. "Hva skal de med dem? Hvorfor gjøre seg så mye bry? Hva får de ut av det?"

"Vent litt", sa E-Z. "Jeg skal fortelle deg alt de har fortalt meg. Husk at de heller ikke vet det med sikkerhet.

"Uansett, her kommer det. De er mytologiske gudinner som har blitt brakt tilbake. Målet deres er å kontrollere sjelefangerne - på alle mulige måter.

"Og måten de har valgt å gjøre det på, er å drepe mennesker. Mennesker som ikke skulle dø! Og så plasserer de dem i sjelefangere som de har kapret. Fra folk som trenger dem. Så sjelene deres har ingen steder å ta veien."

"Jeg skjønner det fortsatt ikke", sa Lia.

"Tenk på det på denne måten. Lia, du, Alfred og jeg har allerede vært i sjelefangerne våre. Få får lov til å være der før de er døde. Hvem ville vel ønske å være det?"

"Enig", sa Alfred.

"Ditto", sa Lia.

"Men hva om jeg fortalte deg nå at sjelefangeren din har blitt fylt av noen andre - og at den derfor ikke lenger er din?"

"Mennesker kjenner ikke til sjelefangere engang!" utbrøt Alfred. "De fleste tror at sjelene deres kommer til himmelen (eller, hvis de er onde, til det varme stedet.) Hvis de visste det, ville de vært opprørte over det. Men det gjør de ikke."

"Ja, du kan ikke savne noe du ikke vet noe om", sa Sam. "Man kan heller ikke kjempe for noe man ikke vet noe om."

"De fortalte meg at sjelene til foreldrene mine kunne sveve rundt her og nå, hjemløse. Det traff meg hardt."

"Det var nettopp derfor de sa det til deg!" sa Sam. "Det er ren og skjær manipulasjon."

"Nei, det er emosjonell utpressing", sier Alfred. "Men jeg skjønner hvorfor de sa det. Hvis de hadde sagt det samme om familien min, ville jeg ha ønsket å bli involvert. Jeg vil kjempe mot disse gudinnene. Hvis jeg var en hissigpropp, ville jeg handlet umiddelbart basert på følelsene mine. Men vi må være logiske her. Vi må holde hodet kaldt."

"Hvem er disse gudinnene egentlig? Hva vet vi om dem?" spurte Lia.

"Og er vi sikre på at erkeenglene er på riktig side av dette?" spurte Sam.

"De sa at en feil fra deres side førte til at dette skjedde - men de fortalte meg ikke nøyaktig hvordan det skjedde eller hvorfor. Og de var ikke i humør til å la seg presse til å gi meg mer informasjon enn det jeg allerede klarte å få ut av dem. Dessuten har de Rosalie, og tiden vi har til å ta en avgjørelse, er i ferd med å løpe ut."

"Nettopp," sa Lia. "Men hvordan kan vi bestemme oss når vi ikke engang vet hva vi står overfor? De vet at vi er barn. Ja, vi har alle unike krefter - men er det nok? Hvis erkeenglene ikke kan håndtere denne situasjonen selv, hvorfor vet de at vi kan det?"

"Det vet jeg ikke. Jeg presset dem til å fortelle meg mer. Hadde det ikke vært for stemmen i veggen, ville de ikke ha fortalt meg så mye som jeg fikk vite."

"Hvordan våger de å holde tilbake informasjon fra oss!" utbrøt Alfred.

"Jeg har forklart hva jeg vet. Det er tre av dem. De er gudinner - mytologiske vesener som jeg trodde ikke fantes."

"Vi kan finne ut alt vi trenger å vite for å kunne væpne oss mot dem på nettet", sa Sam. "Men det vil ta litt tid." Han nølte. "Men jeg tror ikke vi vil ha mye hell med å søke etter informasjon om sjelefangere."

"Jeg har allerede prøvd, men fant ingenting."

"Når hørte du om dem for første gang?" spurte Sam.

"Stemmen i veggen antydet at jeg hadde hørt om dem før, men hver gang jeg prøver å huske det, er det som om en vegg blokkerer informasjonen."

"Jøss! Det er akkurat det samme som skjer med meg", sa Lia. "Det er så rart."

E-Z kastet et blikk på klokkeslettet på telefonen. "Nå har dere fått mye å tenke på. Vi har til i morgen tidlig på oss til å ta en avgjørelse, men jeg tror ikke vi har noe annet valg enn å gå med på å hjelpe dem. Hvis vi ikke gjør det, hvem gjør det da?"

"Jeg tenkte det samme," sa Alfred. "Men jeg liker likevel ikke måten de har gjort det på."

"Ikke jeg heller," sa Lia. "Jeg går og legger meg. God natt, alle sammen. Vi ses i morgen tidlig." Hun lukket døren bak seg.

"Er det noe du trenger?" spurte Sam.

"Nei, det går bra. God natt, onkel Sam."

"God natt, E-Z. Jeg må fortelle deg hvor stolt jeg er av deg, og hvor stolte foreldrene dine ville vært."

"Takk."

"Og god natt, Alfred", sa Sam da han åpnet døren.

"God natt", sa Alfred, før han la seg med hodet under vingen og sovnet.

E-Z klarte ikke å sove og stirret i taket med hendene bak hodet. Han gjorde noen sit-ups og snudde seg så om på siden i håp om å sovne. I stedet fikk han øye på to lys, ett grønt og ett gult, som svevde mot ham.

"Er du våken?" spurte Hadz.

"Nei", sa E-Z med et smil mens han satte seg opp.

"Det er ikke meningen at vi skal snakke med deg," sa Reiki, "men vi må snakke med deg, så du må gjette hva det er meningen at vi ikke skal fortelle deg."

"Gjette? Mener du det? Kan dere gi meg et hint ... du vet, snevre inn feltet for meg, bare litt?"

De to "wanna be"-englene hvisket til hverandre. Det virket som om de var uenige, for Hadz fløy til den ene siden av rommet og Reiki til den andre.

"K, nå skal jeg legge meg til å sove. Når du finner ut av det, kan du fortelle meg det i morgen tidlig."

Han sovnet, og så våknet han. Han satt i stolen sin og svevde over himmelen. Han festet sikkerhetsbeltet. "Hva i...?"

"Vi bestemte oss for at vi ikke kunne begrense feltet for deg. Eller fortelle deg det du trenger å vite. For at du skal kunne ta en informert beslutning... at vi ville VISE DEG i stedet. Så bli med oss."

Mens skyene suste forbi og den rene, men kjølige natteluften fylte lungene hans, følte E-Z seg mer levende enn på lenge. På en måte savnet han å bli tilkalt til prøvelsene for å hjelpe og redde mennesker i nød.

Helt siden han sluttet å jobbe med Eriel, hadde han ikke følt seg som en superhelt. Riktignok hadde han reddet en katt som satt fast i et tre. Og han hadde forhindret en baseball fra å knuse et verdifullt kirkevindu.

Men mesteparten av hverdagen gikk med til å tenke på fremtiden. Han planla å fullføre high school slik at han kunne få et stipend. Til det beste colleget eller universitetet han kunne komme inn på.

Onkel Sam og Samantha planla for den nye babyen. De holdt det hemmelig om det ble gutt eller jente, og ingen fikk lov til å komme inn på babyens nye rom. E-Z syntes det var rart å være femten år gammel og snart bli onkel, men han gledet seg til det.

Og Lia gjorde det bra på skolen og passet inn, selv om hun hadde gått fra sju til tolv år i to sprang på relativt kort tid. Det som gjorde henne eldre, så ut til å ha stoppet opp, og nå virket det som om hun var forelsket i PJ. Hun var definitivt i ferd med å bli voksen, og han smilte da han tenkte på hvor sjefete hun var blitt. Det minnet ham om enhjørningen Lille Dorrit. De hadde ikke sett henne siden prøvelsene. Kanskje erkeenglene hadde sendt henne for å hjelpe Lia da de alle var knyttet sammen. Og så var det fetteren

Charles Dickens' ankomst. Og PJ og Arden lå i koma - og ingen visste hvordan de skulle få dem ut av det. Alfred holdt seg opptatt i huset. Etter at han kom, trengte ikke onkel Sam å klippe gresset like ofte.

Han husket igjen de to rettssakene han hadde funnet likheter med. Den ene med jenta som var kledd ut som en figur i et multispill. Den andre med gutten som hadde fått beskjed om å drepe E-Z for å redde familiens liv. Det var en sammenheng. Eriel hadde rett. Han måtte bare finne ut nøyaktig hva det betydde.

"Er vi snart fremme?" spurte han og la merke til hvor kaldt det begynte å bli. De beveget seg raskt og nærmet seg Death Valley nasjonalpark i Mojave-ørkenen. Det var desember, en av årets kaldeste måneder i ørkenen om natten, og han skulle ønske han hadde tatt med seg hettegenseren. Det var så mørkt at stjernene så en million ganger klarere ut. Som øyne på himmelen med knapt en fingers avstand mellom dem, virket det som.

Englene i trening svarte ikke. De sank noen meter, og fortsatte deretter å fly i full fart.

"Flott!" sa han. "Si fra når vi skal lande. Jeg skulle virkelig ønske jeg hadde et reisebyrå som kunne fortelle meg hva det er jeg ser."

"Bruk telefonen", hvisket Lia og Alfred. Så ble de stille.

De fløy videre over Badwater Basin, det laveste punktet i Nord-Amerika. Det har fått navnet sitt fordi vannet er dårlig og derfor ikke kan drikkes på grunn av for mye salt. Men en del dyreliv og planteliv kan blomstre i området, som f.eks. sylteagurk, insekter og snegler.

De fortsatte dypere inn i Death Valley, mens E-Z betraktet terrenget og prøvde å ikke tenke på hvor tørst han var.

"Er vi fremme ennå?" spurte han igjen da en svart fugl fløy over hodet hans og slapp et lass med bæsj før den fortsatte sin ferd. "Velkommen til Death Valley", sa han og tørket av seg bæsjen med baksiden av ermet. Han skyndte seg videre for å ta igjen Hadz og Reiki.

KAPITTEL 24

DØDEN VALLEY

"Skynd dere!" sa Hadz og Reiki. "Vi er nesten fremme ved Rhyolite."

Han dyttet videre og tok dem igjen. "Og hva finnes egentlig i Rhyolite?"

"Litt bakgrunn", sa Hadz. "Med mindre du har hørt om det allerede?"

E-Z ristet på hodet. Han hadde lært om Grand Canyon på skolen, mest om hvordan den ble dannet.

Hadz fortsatte: "Rhyolite var en gang en blomstrende by under gullrushet i 1904. Men det varte ikke lenge, i 1924 døde den siste innbyggeren, og byen ble til en spøkelsesby."

"Hva betyr ordet Rhyolite?"

Reiki svarte: "Det er en sur vulkansk bergart - lavaformen av granitt. Den ble navngitt av geologen Ferdinand von Richthofen i 1860. Opprinnelsen er gresk, fra ordet rhyax, som betyr lavastrøm."

"Så byen hadde et stort gullrush og ble oppkalt etter en vulkansk stein?" Han nølte. "Jeg tror jeg husker noe fra timen om vulkansk aktivitet."

"Det stemmer", sa Hadz. "Helt tilbake til for to millioner år siden."

"Denne timen er interessant, men jeg skjønner fortsatt ikke hvorfor vi skal til Rhyolite."

Reiki utbryter: "Fordi det er hovedkvarteret til overløperne."

"De som kjemper om kontrollen over sjelefangerne."

"Hvem er de egentlig, og hvordan kan vi stoppe dem? Med vi mener jeg oss, De tre. For Eriel og Raphael holder Rosalie fanget, og forresten er tiden i ferd med å renne ut. De ga oss bare tjuefire timer til å komme tilbake til dem."

"Hysj," sa Hadz. "De har usedvanlig god hørsel, og vinden kan føre stemmene våre tilbake til dem i form av hvisking. Fra nå av snakker vi bare med tankene våre."

E-Z spurte med tankene: "Hva skjer hvis de vet at vi er her? Jeg mener, vil de ikke kunne se oss?"

"Hadz og jeg er ikke mennesker, så vi er utenfor radaren deres. Men det er ikke du, og det er derfor vi har skjermet deg."

"Flott! Det er et usynlig skjold rundt meg - det er nyttig informasjon for meg å vite."

I det fjerne kunne han se Black Mountains. "Jeg vedder på at du kan steke et egg på de fjellene når solen steker dem." Han nølte: "Hva med fuglen som bæsjet på meg? Kan skurkene ha sendt den ut for å lete etter oss?"

Hadz og Reiki ristet på hodet. "Vi så fuglen. Det var en ravn - den er kjent som en budbringer av budskap fra himmelen."

"Ok, greit nok. Jeg syntes ikke det så ut som en ravn. Fortell meg hva det er som har kapret sjelefangerne, og hva vi må gjøre for å slå dem." Han nølte: "Og hva dette har med Charles Dickens' reinkarnasjon som ung gutt å gjøre." Han nølte igjen. "Og kommer Lia til å bli transportert? Kommer enhjørningen Lille Dorrit tilbake hvis/når vi går med på å hjelpe deg?" Det var mye snakk. Han var tørst og ønsket at han hadde tatt med seg en flaske vann.

POP.

En dukket opp. Han drakk den opp igjen etter å ha sagt "takk" til ingen.

"Har du hørt om Erinyes?" spurte Reiki.

E-Z ristet på hodet.

"Også kjent som The Furies," sa Hadz.

"Jeg aner ikke hva de er, men jeg har et vagt minne om noe fra et spill, kanskje?"

"De er kjent under fellesbetegnelsen hevnens gudinner."

"Fortell meg mer. Hvem tar de hevn over?"

"Jo, hele menneskeheten!" Hadz fnyser.

"Vennene mine og jeg snakket om dette tidligere. De fleste mennesker vet ikke om sjelefangere. De fleste tror at vi har sjeler. Sjeler som havner enten i himmelen eller i helvete - avhengig av valgene vi tar i livet."

"Ja, vi er klar over dette", sa Hadz.

"Så fortell meg," spurte E-Z. "Hvor er Gud i alt dette? Gud eller Jesus, Allah, Buddha ... hva enn du kjenner ham som. Hvor er han?"

Hadz og Reiki stirret fremover uten å svare.

"Ok, jeg skjønner at dere ikke kan svare på det spørsmålet. Svar meg på dette i stedet. Hvorfor straffer gudinnene menneskene med noe de ikke engang er klar over? Jeg skjønner at de er onde, men det høres likevel latterlig ut."

"Barna," sa Hadz.

"De straffer de ustraffede. Men..."

"Ah, jeg ventet på et men... Fortsett."

"Furiene misbruker kreftene sine. De tøyer grensene. De angriper uskyldige. Uskyldige barn som leker en lek."

"Vent, mener du at barn som spiller spill, blir straffet for ting de gjør i spillet? Men spill er jo ikke ekte! Hvordan kan de straffes i virkeligheten for noe som ikke er virkelig?"

"Jeg vet det, og du vet det, men for The Furies er det det samme. Hvis du skal drepe noen i et spill, går du gjennom den samme tankeprosessen som en morder ville gjort. Det innebærer å planlegge det, med intensjoner om å drepe og deretter gjennomføre det. I noen tilfeller er det snakk om massedrap. Og ja, de er uskyldige, og de blir bedt om å gjøre disse tingene for å komme videre i spillet. For The Furies er barna de ustraffede, og de er fritt vilt når de er med i spillet."

"Vent litt!" utbrøt E-Z. "Hva er det egentlig du sier? Jeg tror jeg skjønner poenget, hvordan sjelefangerne passer inn, men ideen er så ondskapsfull ... at jeg ikke engang vil tenke det, enn si si det."

"Furiene tar hevn over spillere. De som har syndet i hjertet", sa Reiki. "Det er ikke meningen at de skal dø! Sjelefangerne deres er ikke klare til å ta imot sjelene deres, så..."

"De har ingen steder å dra", sa Hadz.

"Og Furiene samler dem her, ved å skape sin egen sjelestamme. De lagrer barnas sjeler i stjålne sjelefangere."

"Dette skaper kaos", sa Hadz.

"Så dere må hjelpe til."

"Vent litt!" sa E-Z. "Vent nå litt, for pokker!"

KAPITTEL 25

FIRE ØYNE

"ÅH, åH", ROPTE HADZ da en mørk sky beveget seg raskt over himmelen og i deres retning.

"De kan ikke ha trengt gjennom beskyttelsesskjoldet!" utbrøt Reiki.

E-Z kastet et blikk over skulderen. Det han så, var noe svart som ikke var en sky. For det var slangeaktig. Med en kløftet tunge som slikket luften. I stedet for to øyne hadde den mange øyne. For mange til å telle. Fra hvert av dem dryppet det blod. Blod og dampende gult puss.

Tungen beveget seg fra høyre til venstre. Den laget en piskende lyd, mens kjevene åpnet og lukket seg. Og fra strupen kom det en knurrende lyd som vekslet mellom et skrik og et surr.

Med vinden i ryggen ble luften fylt av en stank som snart nådde E-Z, Hadz og Reikis nesebor.

Lukten var avskyelig. Verre enn svovel. Eller råtne egg. Mer motbydelig enn septisk væske og råtnende lik til sammen.

Trioen beveget seg høyere opp, slik at de kunne se forbi en åsrygg de ikke hadde lagt merke til før. Bak den var det sølvbeholdere. Sjelefangere. Så langt øyet kunne se.

"Så mange! Er alle disse fylt med barn? Å nei!" sa E-Z med et nasalt tonefall siden han fortsatt holdt seg for nesen. Selv om han fortsatt kjente stanken.

PTOOEY.

De unngikk en spray av klissete, gult puss.

"Hva pokker er det?" utbrøt E-Z.

Under dem kunne de se et gigantisk øyeeple. Det hadde blitt lukket. Forkledd.

PTOOEY. PTOOEY. PTOOEY.

"Å nei!" utbrøt E-Z. "Øyesnørr!"

Den skjøt mot dem og avfyrte sin varme, klebrige væske.

"Hold dere fast!" ropte Hadz og Reiki.

De tok tak i hvert sitt av E-Zs ører.

"Ahhhhh!" ropte han.

PTOOEY.

E-Z unngikk snoppen, men den traff nesten rullestolen hans.

FIZZLE.

POP.

POP.

E-Z var tilbake i sengen igjen. Svetteperler dryppet nedover pannen hans.

I mellomtiden fortsatte Alfred å snorke i enden av sengen.

"Det var litt for nært for å være komfortabelt!" sa E-Z. "Kom de gjennom beskyttelsesskjoldet? Så de oss? Vet de hvem jeg er og hvor jeg bor?"

"Nei, vi kom oss ut før de kom seg gjennom", sa Reiki.

"Kanskje dette er et dumt spørsmål, men hvorfor sendte du oss ikke bare inn og ut derfra? I stedet for å ta dere tid til å fly hele veien dit - og sette livene våre i fare?"

"Vi måtte VISE dere."

"Før slaget... Hva kaller dere det..."

"Du mener rekognosere?" spurte E-Z.

"Ja, det stemmer. Vi måtte vise deg det. Du måtte se det med egne øyne. Alt sammen. Hva du står overfor", sa Hadz.

"Vi tenkte at det du ville lære, ville være verdt risikoen."

"Det vil vel tiden vise," sa E-Z.

"Beklager hvis vi gikk for langt", sa Hadz.

"Vi ville virkelig ditt beste."

"Det vet jeg at dere gjorde. Og jeg er glad for at jeg så sjelefangerne. Jeg ble virkelig sjokkert over hvor mange de var."

"Ja, det sjokkerte oss også. Og du kan være sikker på at det sjokkerte erkeenglene også. Da de så det første gang."

"Det skulle du ikke ha sagt", sa Reiki.

POP.

Hadz forsvant.

"Å, nå er det greit", sa E-Z.

"Glem det."

"Jeg skjønner fortsatt ikke hva Furiene får ut av dette? Hva er målet deres? Har noen funnet ut av det ennå?"

"De legger til flere hver eneste dag. Flere barn som leker og blir sugd inn i nettet deres."

"Men hvorfor er det ikke noe offentlig ramaskrik? Burde vi ikke si fra til verdens ledere, presidenter og statsministre? Er det ikke noe de kan gjøre?"

"Tenk over det, hva er det første de ville gjort? De ville sendt inn hæren. Flere mennesker ville dø. Flere sjelefangere ville måtte dø før tiden.

"Etter det vi har observert, er spilling et verdensomspennende fenomen. De onde søstrene tar sjelene til intetanende barn."

"Men de fleste av lederne har jo egne barn", sa E-Z. "Hvis de visste det, ville de sikkert ha ønsket å beskytte barna sine og andre barn også."

"Det er mer sannsynlig at The Furies ville rette søkelyset mot barna deres. Det ville være som å henge en kjepp foran dem", sa Reiki.

POP.

Hadz var tilbake.

"De ville elsket det hvis de kunne ødelegge de store og mektige barna. Akkurat nå ser det ut til at det de gjør, er tilfeldig - valgt innenfor spillet", sa Reiki.

"Fortell meg mer av det du vet om dem." spurte E-Z.

Hadz hvisket: "De heter Allie, Meg og Tisi. Allies hevn står for sinne, Megs står for sjalusi og Tisi er kjent som hevneren."

"Ok, så hvorfor lukter de så vondt? Og hvordan kan de bli beseiret alle tre?" spurte E-Z og så på klokken. Klokken nærmet seg 08.00. Han måtte snakke med resten av gjengen for å få Rosalie tilbake. Hvordan skulle han fortelle dem om denne forferdelige trioen og alle barna i sjelefangerne?

"Legenden sier at de ble straffet for å gjøre jobben sin i fortiden. Nå har de funnet et smutthull med Virtual Reality, en ny menneskelig oppfinnelse." Hadz nølte. "Hvorfor vil mennesker aldri leve livet sitt i nuet? Hvorfor må de flykte og spille dumme spill som setter livene deres i fare?" Den vordende engelen var rød i ansiktet og ekstremt sint."

Reiki forsøkte å trøste vennen sin og sa: "De vet ikke hva de gjør."

"Uvitenhet er ingen unnskyldning", sa E-Z. "Vi må sende dem tilbake dit de var før VR ble oppfunnet. Og de må levere tilbake sjelene til barna de har tatt under falske forutsetninger. Men HVORDAN skal vi overbevise dem om at de gjør noe galt? At de stjeler liv og straffer mennesker for tanker, ikke gjerninger?

"Nå som jeg har fått et glimt av The Furies, vet jeg at vi må hjelpe deg mer enn noensinne. Men jeg må fortsatt overbevise de andre. Selv om de er enige, kjemper vi mot alle odds. Jeg vil være positiv. Si at vi klarer oppgaven. Men det vet vi ikke helt sikkert før tiden er inne for å kjempe."

Han slo i puten og holdt den i fanget. "Vent litt, døde de? Jeg mener, slapp Furiene unna sine egne sjelefangere? Og hvis de gjorde det, hvordan? Hvem hjalp dem ut?"

Hadz så på Reiki, og Reiki så på Hadz.

POP.

POP.

De var borte.

"Flott!" sa E-Z. "Helt fantastisk!"

KAPITTEL 26

BALANSE

SELV OM HAN PRØVDE å sove, klarte ikke E-Z det. Han tenkte hele tiden og stilte seg selv spørsmål. Spørsmål han ikke kunne svare på.

Så han sto opp, klikket seg inn på datamaskinen og begynte å grave litt.

Det tok ikke lang tid før han fant gull. Han fant en kobling mellom Furiene og de tre gratiene. De virket som hverandres yin og yang. En god og en ond. Han lurte på om de kunne bruke denne informasjonen til sin fordel. Hvis onde gudinner kunne bringes til jorden, kunne gode gudinner også kalles tilbake?

Før han foreslo at erkeenglene skulle hente dem tilbake - forutsatt at de kunne gjøre det. Han ville vite nøyaktig hva The Graces kunne bidra med.

Ja, de var gudinner. Døtre av Zevs, som var himmelguden. Kreftene deres var rettet mot sjarm, skjønnhet og kreativitet. Han leste videre, men kunne ikke se at de ville være til særlig hjelp mot The Furies.

Han hadde likevel litt tid, så han fortsatte å lese. Han leste en tekst som ble tilskrevet Nietzsche. Teoriene hans om godt og ondt ble fortsatt diskutert og debattert i fora.

Så dukket det opp et minne i hodet hans. Det skjedde sjeldnere og sjeldnere at minnene om foreldrene hans kom tilbake til ham. Han håpet at det aldri ville slutte.

Dette var en samtale med faren. Om Newtons tredje lov. De hadde vært ute med båten og fisket.

"Det er slik en fisk beveger seg gjennom vannet", forklarte faren.

Siden den gang hadde han lært mer om dette på skolen. Han tenkte at Newton og Nietzsche ville ha hatt noen interessante samtaler. Men det var tusenvis av år mellom livene deres.

Så slo det ham. Han, Lia og Alfred var rake motsetninger til Furiene.

Visste erkeenglene dette allerede? Var det derfor de virket så insisterende på at bare han og teamet hans kunne slå The Furies?

Spørsmålet han stadig tenkte på, var likevel - kunne de vinne?

Var det i det hele tatt mulig å stoppe The Furies?

Han måtte snakke med de andre om det.

Han slo av datamaskinen og gikk tilbake for å sove litt før de andre våknet.

Alle forventet at han hadde alle svarene. Det hadde han ikke, men han gjorde sitt beste. Slik hadde livet vært siden han ble leder.

KAPITTEL 27

RØDT ROM

E-Z befant seg i et rødt rom. Et rom som luktet blod. Han fikk vondt i nesen av den sterke jernlukten og holdt seg for hånden, før han gikk noen skritt frem. Fottrinnene hans etterlot merker på det blodige gulvet. Hvor befant han seg? I helvete? Her inne kunne han i det minste løpe, men hvor? Det fantes ingen dører. Ingen vinduer. Ikke noe som helst lys, og likevel kunne han se at alt var rødt. Og vått.

Han tok frem telefonen og klikket på lommelykt-appen. Ved hjelp av lommelyktstrålen fulgte han veggene rundt seg. De var alle like. Blodige og dryppende. Og stinket. Han ventet. Det virket ikke smart å tilkalle hjelp. Kanskje det var bedre for ham at de som hadde brakt ham hit, ikke kom for å møte ham. Han ville helst ikke møte dem. Lommelyktens stråle ble slått av, og telefonen døde. Han var redd for å røre seg og sto helt stille og lyttet.

Det var noe som krøp. Det krøp langs gulvet. En kom nedover veggen til høyre og en annen til venstre. Tre. Slanger.

Så skiftet luften i rommet, og en velkjent lukt. Råtten. Eggaktig. Svovelaktig. Råtnende kadaver.

Han holdt seg for nesen. Som før maskerte det ikke den motbydelige stanken.

Han ventet.

Så de ville ha ham alene. De hadde ham. Han skulle sørge for at de angret om det så var det siste han gjorde.

"Vi kan spise deg til frokost", skrek Tisi.

"Eller lunsj", sa Alli. "Jeg er tross alt litt småsulten."

"Eller ettermiddagste, det er ikke mye av ham. Ikke for tre av oss å dele på", sa Meg.

E-Z konsentrerte seg med alle sine krefter om vingene. De var hans eneste håp om å unnslippe, og de var ubrukelige.

"Se!" skrek Meg. "Han prøver å bruke de bitte små vingene sine."

Tisi og Alli løftet seg opp. Meg sluttet seg til dem mens de svevde like utenfor hans rekkevidde.

Under føttene hans skalv og rumlet gulvet. Som om det skulle åpne seg og sluke ham. Han rygget tilbake for å støtte seg mot veggen. Men da han tok på den, føltes skjorten hans våt. Og da han la hånden på den, var den dekket av blod.

"Jeg er ikke redd for dere tre kjerringer!" ropte han.

"Kanskje du ikke er redd for oss - ennå." skrek Meg.

"Men det kommer dere til å bli veldig snart", hveste Tisi.

"Inntil videre kan du ta deg av disse tre," hvisket Meg, og den stinkende ånden hennes fikk ham nesten til å spy.

De tre slangene utnyttet høyden og sprang mot ham. De kløyvde tungene deres hveste og spyttet. Så begynte de å vikle seg rundt hverandre. De flettet seg inn i hverandre. Helt til de ble til én gigantisk slange med tre hoder og tre pisker. Pisker som slo i E-Zs retning for å holde ham på plass.

Han dyttet seg selv lenger bakover. Han følte seg på en måte beroliget av å høre blodet bak seg. Kroppen hans slappet av mens ryggen sank ned i hjørnet mot den bloddryppende veggen.

"Se på ham", sa Tisi. "Han er bare en gutt, og han har ikke gjort noen noe vondt. Faktisk er han så snill og grei at det er synd at vi må ødelegge ham."

"Ja, hjertet hans er rent," sa Meg. "Men han har en svart flekk på hjertet. En flekk han vil ta hevn over dem som var ansvarlige for at foreldrene hans døde."

"Ikke snakk om foreldrene mine!" ropte E-Z og presset seg lenger inn i den blodige veggen. Han var redd. Redd for at det de sa var sant. Han lukket øynene. Hvis han ikke kunne se dem, ville de kanskje forsvinne. Så ga noe bak ham etter. Og han falt i fritt fall, bakover. Han tumlet. Falt.

DUMP

Han landet i rullestolen, og så fløy de av gårde.

Tilbake i det røde rommet var furiene rasende!

"Gå etter ham!" ropte Tisi.

"Ta ham!" ropte Meg.

"Det er for sent!" sa Alli. "Det er som om han har forsvunnet!"

"La oss dra tilbake til Death Valley," sa Meg. De gikk og etterlot Det røde rommet tomt. Men stanken hang fortsatt igjen.

DUMP.

"Du blør", sa Sam. "La oss få ham inn på toalettet. Så kan vi se hvor hardt skadet han er." Sam dyttet rullestolen mot døren.

"Nei, stopp!" sa E-Z. "Det går bra med meg. Blodet er ikke mitt. Men jeg må vaske meg. For å vaske bort stanken. Så skal jeg forklare hva som skjedde. Det lover jeg."

"Så lenge du er sikker på at det går bra med deg", sa Sam.

Etter at han hadde gått, kom ikke Sam, Lia og Alfred på noe å si til hverandre. De ventet i stillhet på at han skulle komme tilbake.

På badet plasserte E-Z rullestolen sin på rampen. Da de bygde om huset, fant onkel Sam opp en ny dusj til ham. Det ga ham mer selvstendighet. Og det var gøy! På samme måte som en bilvask.

Han strakte seg opp og stakk armene og nakken gjennom stroppene. Han trykket på en knapp slik at han beveget seg fremover, og stolen fulgte etter. Straks begynte vannet å strømme. Det vasket kroppen og klærne hans samtidig. Nå og da sprutet det ut dusjsåpe eller sjampo, etterfulgt av vann for å vaske det bort.

Nå som han var ren, fortsatte han fremover og satte i gang tørkemekanismen. Den tørket både ham og klærne og gjorde dem rynkefrie på få minutter.

Da han nådde enden, koblet han seg fra stroppene og satte seg ned i stolen. Han sjekket seg selv i speilet. Håret var allerede så fint at han ikke engang trengte å gre det. Han gikk tilbake til rommet sitt. Da han så vennene sine, fikk han et sug i magen og kastet opp.

"Unnskyld", sa han. "Jeg er så lei for det."

Lia og Alfred la armene rundt ham. De brydde seg ikke om oppkastet. Hengivne venner bekymrer seg ikke for slike ting.

Sam gikk for å hente en bolle og litt vann for å vaske nevøen.

E-Z var takknemlig for hjelpen, og det ga ham tid til å tenke over hva han skulle si og hvordan han skulle si det.

"Takk, onkel Sam. Jeg har noe å fortelle deg. Det er ikke pent."

"Fortsett", sa Alfred.

"Vi er her for deg", sa Lia.

"Sett deg ned, onkel Sam."

De listet opp alt uten å si et ord.

"Jeg er med", sa Alfred.

"Jeg også", sa Lia.

"Jeg også", sa Sam.

"Enig", sa E-Z. Og sekundet etter var han på vei tilbake til det hvite rommet. Eller det var dit han håpet at han var på vei.

Hvor som helst var bedre enn det røde rommet. Hvor som helst i det hele tatt.

KAPITTEL 28

HVITT ROM

Det hvite rommet virket på en måte annerledes da føttene hans berørte bakken.

E-Z var så glad for å være tilbake i det hvite rommet. Der han kunne gå rundt. Ta på bøkene. Lukte på bøkene. Men det var noe som føltes rart. Av.

Han stabiliserte seg. Han merket at hendene skalv. Knærne skalv. Nå klapret tennene hans.

Han slo armene rundt seg og ønsket at han hadde tatt med seg jakken. Han ventet på at det skulle komme en. Det gjorde den ikke.

"Hva er dette for et sted?" spurte han.

Han fikk ikke noe svar.

"Cheeseburger med pommes frites", sa han.

Ikke noe svar.

"Chop suey, med vårrull," sa han, med mer autoritet.

"Jeg forlanger å få vite hvor jeg er!" ropte han.

Ingenting.

Nadda.

"Rosalie?" ropte han. "Er du der? Eriel? Raphael? Er det noen der? Hadz? Reiki?"

Igjen ingenting.

Ikke engang et høflig PFFT som fikk ham til å slappe av.

Kjennskapen til bøkene var det eneste ankeret som holdt ham fast på dette stedet. Han gikk bort til stigen og flyttet den inn under D-ene. Han forventet å finne Charles Dickens og begynte å klatre opp. I stedet oppdaget han at hver eneste bok han tok i var relatert til spillverdenen.

Hva i all verden?

Og ingen av bøkene hadde vinger. Alle var splitter nye. Som om ingen hadde åpnet dem før.

Han holdt på å falle av stigen da en stemme sa,

"E-Z Dickens - dette er ikke det hvite rommet du kjenner. Det er en kopi. Du er sendt hit for å forske. Du har alle bøkene du trenger, lett tilgjengelig. Hver bok må leses og gjennomgås i sin helhet."

"Jeg kan ikke lese alle disse bøkene i en fei, det vil ta meg årevis å komme gjennom alle bøkene!"

"Derfor vil du få en ekstra kraft. En kraft som bare vil komme til sin rett innenfor veggene i dette rommet. Les nå. Rask. Rasende. Lær alt utenat."

Da stemmen tok slutt, begynte en annen,

"Ti, ni, åtte, sju, seks, fem, fire, tre, to, én. Nå, les E-Z Dickens. Sett i gang."

E-Z leste raskt gjennom hver eneste bok.

Når han var ferdig med én, fikk han straks en ny i hendene. Så en til, og en til.

Han leste dem alle sammen, helt til han ikke klarte å lese mer.

Han håpet at hodet ikke kom til å eksplodere!

Så falt han mot veggen, satte seg i et hjørne og gråt mens en plan vokste frem i hodet hans.

Ideen kom til ham da han tenkte på PJ og Arden. Hvorfor hadde Furiene lagt dem i koma i stedet for sjelefangere? De var med i spillet - de spilte spill hele tiden, så hvorfor ikke drepe dem?

Planen var som følger: Han og teamet hans skulle finne opp sitt eget flerspillerspill. Sam kjente folk i bransjen som kunne hjelpe til. Når The Furies kom for å hente sjelene deres, skulle de ta dem.

Han ønsket at Arden og PJ var der for å spille sammen med ham - for de ville ha støttet ham. Det var greit, han støttet dem. Han skulle redde dem og sette dem fri.

Han gikk frem og tilbake og tenkte gjennom det hele. Ett aspekt ville ikke fungere. Hvis han innledet en lek med ham og nektet å drepe, ville de være på sporet av ham. Og det kunne sette andre i fare.

Han kunne jo ikke be alle spillerne i verden om å slutte å spille. Hvis han fortalte dem sannheten om de tre gudinnene som prøvde å stjele sjelene deres, ville de sperre ham inne.

Likevel var det den eneste muligheten. Den eneste muligheten han så til å slå Furiene i deres eget spill.

Resignert over at han ikke kunne komme på noe bedre, sa han: "Få meg ut derfra."

Og plutselig var han alene i det hvite rommet sammen med Rosalie og Raphael. Han lurte på hvor Eriel var, ikke at han savnet ham.

"Ok, jeg har en idé. En slags plan," sa han. "Men jeg er ikke sikker på om den vil fungere. Jeg trenger svar på to spørsmål. Og jeg har en forespørsel om et tredje - og den er ikke til forhandling."

"Spør i vei," sa Raphael.

"Nummer én: Vil jeg kunne redde mine beste venner PJ og Arden hvis vi møter The Furies?"

Raphael nølte før han sa noe. "Hvis du lykkes, er det ingen grunn til at vennene dine ikke skal bli reddet."

"Kors på halsen?" sa han.

Hun gjorde det.

"Som jeg mistenkte, er det Furiene som er skyld i tilstanden deres. Stemmer det?"

"Ja, vi tror det er sant. Vennene dine er på en måte heldige, for sjelene deres er intakte. Det vi ikke vet hvorfor, er om de ble angrepet av The Furies. I alle andre tilfeller vi kjenner til, har de tatt sjelene til barn. Vi kjenner ikke til noen andre som er i live i komatøs tilstand, slik som vennene dine."

"Jeg har en idé om det også, men det jeg trenger å vite, er hva som vil skje med PJ og Arden hvis The Furies blir beseiret? Hva vil skje med alle barna som allerede har sjelene sine i sjelefangerne? Det var ikke meningen at de skulle dø. Og hva vil skje med de hjemløse sjelene?"

"Akkurat nå bruker The Furies internettets kraft. Det gir dem tilgang til hjertene og hjemmene til alle mennesker på planeten. Det er som om dere alle har latt dører og vinduer stå åpne - så hvem som helst kan komme inn. Riktignok er det bare tre av The Furies - men de har store krefter. De er mytiske skapninger, gudinner hvis opprinnelse går tilbake til Zevs. Du har vel hørt om Zevs?"

"Jeg har lest at han var himmelguden og far til De tre gratiene. Ville de kunne hjelpe oss hvis du brakte dem tilbake?"

"Zevs er ikke involvert i dette. Det er heller ikke døtrene hans. Vi erkeengler leker ikke med tiden. Og vi har alltid trodd at sjelefangerne var hellige. Urørlige. Helt til nå."

"Flott, så du tror at vennene mine er blitt angrepet av Furiene, men du er ikke helt sikker. Ikke mer enn jeg er, ikke sant?"

"Det stemmer. Det er fordi jeg ikke kan si hundre prosent ja eller nei. Hvis vennene dine spilte spill. Jeg mener å drepe i leken... Da ville de oppfylle Furienes kriterier.

"Men hvis de ønsket dem døde, ville de allerede vært døde. Med mindre... Nei, det ville ikke gi mening. Det ville bety at de visste om deg og teamet ditt. Det kan de umulig vite. Vi har holdt det hemmelig. Hvis de visste det, ville de holdt vennene dine i live i tilfelle de trengte et pressmiddel."

"Som et forhandlingskort, mener du?"

"Muligens, men for å være ærlig vet jeg ikke. Som sagt har vi holdt alt om deg og teamet ditt hemmelig. Vi, inkludert meg selv og de andre erkeenglene, vil gjøre hva som helst for å beskytte deg.

"Furiene har fått krefter gjennom århundrene. Men de har aldri rettet seg mot uskyldige barn. De har aldri forvridd agendaen sin for å tjene sine egne formål."

"Hvilke formål har de?" spurte E-Z.

"Det vet vi ikke."

E-Z sa: "Det er derfor vi må ha den beste sjansen til å vinne over dem."

"Akkurat, men hver dag stjeler de flere barnesjeler, og de fremskynder prosessen."

"Hvor mye raskere?" spurte E-Z.

"Vi tror det dreier seg om tusenvis, men snart vil det dreie seg om millioner. Snart vil det være for sent å stoppe dem."

"Ok, jeg skjønner hva som står på spill, men vi er bare barn, og vi vil ikke gå inn i blinde. Vi er dødelige, og det er de også. Vi må tenke oss om og vurdere alle muligheter før vi risikerer livene våre."

"Vi forstår, og som jeg sa, vi støtter dere."

"Nå til mitt neste spørsmål: Hva skal jeg gjøre med en ti år gammel Charles Dickens?"

"Å, det", sa Raphael. "For det første hadde vi ingenting med reinkarnasjonen hans å gjøre. Vi har en teori, i tillegg til den vi fortalte deg, nemlig at du tilkalte ham. Vi lurer på om hans tilbakekomst var en feil fra deres side. Kanskje universet åpnet seg og sendte ham for å hjelpe dere, som en likevekt. Han er tross alt en slektning. Og han er en historieforteller og en mester i plot. Han har kanskje verktøy og innsikt som du ennå ikke kjenner til, og som kan hjelpe deg med å beseire The Furies."

E-Z valgte sine ord med omhu. "Men han er et barn. Han har ikke skrevet noe som helst ennå. Han vil være en distraksjon, og han er fra en annen tid og kan sette oss og oppdraget vårt i fare."

"Det kommer an på", sa Raphael. "Han kan være et hemmelig våpen. Han er her for din skyld. Hvis du tror på ham. At han er født til å bli forfatter. I en alder av ti år har han allerede alle ferdighetene som kreves. Bruk ham til din fordel hvis du velger å gjøre det."

E-Z knyttet nevene. "Mener du at vi skal bruke fetteren min som agn?"

Raphael lo og flagret rundt og skapte en unødvendig bris.

"Det ville hjelpe hvis du sluttet å flagre så mye", sa Rosalie. "Jeg har flere lag med gensere, men jeg klarer likevel ikke å bli varm her inne. Jeg vil forresten gjerne dra hjem nå. E-Z og de andre har sagt ja, så jeg har gjort mitt. Ha det bra, farvel. La meg gå hjem."

BINGO.

Rosalie forsvant og landet på rommet sitt. Hun snakket med Lia i tankene og fortalte at hun hadde kommet uskadd tilbake og nå skulle ta seg en lur.

E-Z kom på et annet krav som ikke var til forhandling.

"Jeg vil ha Hadz og Reiki med meg på laget vårt."

Raphael smilte. "Hadz og Reiki er bundet til Eriel av lederen vår Michael."

"Da skal jeg snakke med ham. De to har hjulpet oss. De kommer når jeg roper. Hvis vi skal kjempe mot den urgamle ondskapen, trenger vi de to på vår side for å hjelpe oss."

"Michael kan ikke snakke med deg. Men jeg skal legge frem forespørselen din. Hvis han mener det er nødvendig, gir han meg beskjed, og jeg gir deg beskjed. Var det noe mer?"

"Ja. Jeg må vite hvordan jeg kan bli kvitt furiene. Er det meningen at vi skal drepe dem? Skal vi sende dem tilbake dit de kom fra? Hva er det egentlig du ber oss om å gjøre med disse gudinnene?"

"Bind dem, hold dem fast - så gjør vi resten. Hvis planen din fungerer, bør vi kunne ta kontroll over sjelefangerne. Vi tilbakestiller alt til slik det var før."

"Hva med dem som døde for tidlig?"

"Alle vil bli utlignet ... så snart fiendene er nøytralisert."

"Før dere sender meg tilbake," sa E-Z, "trenger jeg en forsikring om at dere ikke kommer til å gå imot oss igjen. Å gi oss Hadz og Reiki skulle være den forsikringen, men siden dere ikke kan gi meg det, trenger jeg noe annet. Noe jeg kan ta med tilbake til de andre og si at dette er beviset på at de ikke kommer til å svikte oss slik de har gjort tidligere."

"Som hva da?"

"Brillene dine burde holde", sa han.

Raphael falt ned på knærne, vingene sluttet å flagre, og hun rygget tilbake. "Ikke det, alt annet enn det", ropte hun. "Uten brillene mine er jeg verken til hjelp for deg eller noen andre."

"Erkeenglene har holdt Rosalie her mot hennes vilje. Brukt henne for å få tak i meg. Dere har ombestemt dere når det gjelder løfter, avlyst prøvene mine..."

Hun tok på kanten av brillene og tok dem så av seg. I hendene hennes forvandlet brillene seg til en slange, en rød slange som krøp opp på E-Zs arm og krøp oppover, oppover, oppover.

"Hva i all verden!" ropte E-Z mens slangen fortsatte oppover halsen hans. Over kanten av haken hans. Den gled over de tett lukkede leppene hans. Opp og over nesen hans. Så delte den seg i to og la en ende rundt hvert av ørene. Så vendte den tilbake til sin opprinnelige tilstand som pulserende briller.

"Brillene mine er dine nå, uansett hva du gjør - ikke la Furiene ta dem fra deg. Hvis det skjer, vil vi alle bli tilintetgjort."

"Vent!", sa stemmen fra veggen. "Hva om dere mislykkes? Dere er tross alt bare barn."

"Jeg kan ikke love at vi lykkes - men vi skal gjøre alt vi kan. Men hvis vi trenger hjelp, er det godt å vite at dere vil bruke kreftene deres til å hjelpe oss."

"Avtale", drønnet stemmen.

E-Z var tilbake i rullestolen på rommet sitt med de røde brillene pulserende i ansiktet.

"Du må slutte med det der", sa onkel Sam, som var i ferd med å re opp nevøens seng. "Før jeg glemmer det: Sam og jeg besøkte PJ og Arden i dag da vi var på kontroll på sykehuset. Vi traff PJs far, og han ga oss en oppdatering. De deler rom på sykehuset nå, men ingen av dem har forandret seg."

"Takk, jeg hadde tenkt å ringe dem. Greit, alle sammen, kom hit."

KAPITTEL 29

HVA NÅ?

"Vil du at jeg skal bli?" Sam tok en pause. "Fordi kona mi venter på at jeg skal massere føttene hennes. Babyen kan komme når som helst, så det er ikke noe alternativ å la henne vente."

"Bare ta deg av henne, da", sa E-Z. "Jeg forteller deg om detaljene senere."

Lia ga Sam en klem.

"Takk", sa Sam og lukket døren bak seg.

Det ringte på ytterdøren.

"Jeg har den!" ropte Sam mens han løp mot inngangsdøren.

"Han har mye å tenke på", sa E-Z.

"Det blir lettere når babyen kommer", sa Lia.

"Det blir mer kaotisk," sa Alfred. "Men la oss ikke tenke på det nå."

"Så, hva er det siste?" spurte Lia.

"Begynn med det positive, hvis det er noe. Det håper jeg virkelig det er", sa Alfred.

"Den gode nyheten er at jeg har en idé. Den dårlige nyheten er at jeg ikke aner om den vil fungere mot fiendene våre. De er kjent som The Furies. Har noen av dere hørt om dem? Jeg kjente navnet fra mytologien, og de er med i noen spill."

Lia ristet på hodet.

Alfred sa: "Jeg har hørt om dem, men det er lenge siden. Jeg tror vi leste om dem på videregående i gamle dager. Jeg husker at de var onde - kanskje tre stykker? Og er de ikke gudinner? Jeg ser for meg Medusa. Var de i slekt?"

"De er verre. Mye verre, for det er tre av dem", sier E-Z. "Da jeg spydde, vel, det var rett etter mitt andre møte med dem. Det første møtet var på en tur med Hadz og Reiki. Det de kalte en liten rekognoseringstur. Og bare rolig, vi var kamuflert, men jeg lærte mye. De har satt opp hovedkvarter i Death Valley.

"Som vi mistenkte, er de ute etter barn. I spillverdenen. Lia, du spurte hva formålet deres var... Det er å presse barn over kanten. Barn på vår alder, og enda yngre.

"Når de får tak i dem, stjeler de sjelene deres. Og de legger dem i sjelefangere som er ment for andre mennesker. Så når de dør, har sjelene deres ingen steder å ta veien."

"Det er så ondt!" sa Lia.

"Hva skjer med sjelene deres når de virkelige eierne av sjelefangerne dør? Jeg mener, hvis sjelene deres ikke har noe sted å dra - ikke noe hjem, ingen himmel - hva skjer da med dem?" spurte Alfred.

"Det er det som er greia. De har ikke noe evig hvilested - så når de dør, flyter de bare rundt. Det er i hvert fall den korte versjonen. Og vi må stoppe The Furies, og vi må stoppe dem snart."

"Hvordan tar de barnas sjeler? Jeg forstår ikke", spurte Lia.

"Ikke jeg heller", sa Alfred. "Barn, særlig barn som spiller spill, er veldig datakyndige. Hvordan setter de seg selv i fare? Hvordan får The Furies tilgang til dem i deres egne hjem, rett foran nesen på foreldrene?" Han tenkte et øyeblikk: "Er de ansvarlige for at PJ og Arden ligger i koma?"

"Ok, Lias spørsmål først. Furiene straffer dem som er ustraffet - det har vært deres formål historisk sett. Deres viktigste våpen har alltid vært anger. De får folk til å føle seg skyldige. Til å angre på at de har gjort noe galt. Og når de gjør det, tar de kontrollen. De driver dem til vanvidd og får dem til å ødelegge seg selv.

"Jeg fortalte om gutten som kom hjem til meg og prøvde å skyte meg. Han sa at noen i spillet hadde sagt at de ville drepe familien hans hvis han ikke drepte meg. De fikk ham til å gå etter meg på grunn av handlinger han utførte i spillet. Jeg trengte et hint fra Eriel for å skjønne sammenhengen. Det virket rart der og da, men jeg skjønte det ikke med en gang.

"Det er slik de gjør det. En gutt spiller et spill, og for å komme videre i spillet må han drepe noen, eller til og med begå massemord, eller, ja, du skjønner hva jeg mener. I den virkelige verden er dette synder og lovbrudd, men i spillet er det en del av spillet. I de fleste spill er det det eneste formålet."

"Vent litt", sa Alfred. "Sier du at de straffer barn i spillet som om de begår mord i virkeligheten?"

"Det stemmer", sa E-Z. "Det er akkurat det de gjør. "Det er akkurat det de gjør. De bruker spillindustrien til å rettferdiggjøre - nei, jeg tror ikke det er det rette ordet. Jeg mener for å unnskylde at de tar barnas sjeler."

Lia lukket hendene og knyttet dem til knyttnever. Så brukte hun dem til å holde seg for ørene, som om hun ikke ville høre mer. "Du har helt rett, E-Z. Vi har ikke noe valg - vi må sette en stopper for de heksene. Jo før, jo bedre."

"Jeg vet det", sa E-Z, "men det kommer ikke til å bli lett. De er gudinner, også kjent som Mørkets døtre og Erinyes. Deres fremste oppgave er å straffe de onde, og i et spill er alle onde. Det er den eneste måten å avansere i spillet på."

"Du sa at du hadde en plan, hva er den?" spurte Alfred.

"Først vil jeg svare på spørsmålet ditt om PJ og Arden. Magefølelsen min sier at svaret er ja. Men jeg spurte Raphael om hun kunne bekrefte det. Hun sa at hun ikke kunne si hundre prosent om det ene eller det andre. Siden The Furies aldri - så vidt de visste - hadde gått fra å stjele en sjel. For ikke å snakke om to sjeler.

"Å, en ting til jeg må fortelle deg, er at det finnes tusenvis av sjelefangere i Death Valley. Kanskje flere enn tusen, og antallet øker hver eneste dag. De er så langt øyet kan se." Han stoppet opp med hjertet i halsen og tørket bort en tåre.

"Det var vanskelig å være vitne til det. Det de gjør, er så overlagt og bevisst. Det jeg ikke forstår, er hva de tjener på det. Hadz og Reiki gjorde rett i å ta meg med dit for å se det. Hvis de hadde fortalt meg det uten å vise meg det, ville det ikke ha truffet meg like hardt. Raphael sier at de øker inntaket daglig. Så vi har ikke mye tid til å sitte og tenke. Vi trenger en plan, og vi må gjøre noe."

"Er de dødelige?" spurte Alfred.

"Ja, det er vi på det rene med", sa E-Z. "Så planen jeg kom på, var å lage vårt eget spill. Onkel Sam kunne hjelpe oss. Når jeg spiller for å skryte av drap, kommer The Furies for å ta meg. Når de gjør det, fanger vi dem og dreper dem i spillet.

"Jeg tenkte at kreftene deres kanskje ville avta i spillet. Men så slo det meg - hva om mine også gjør det?"

"Det vet vi ikke før det er for sent", sier Alfred.

"Det stemmer. Jo mer jeg tenkte på det, jo mindre effektiv virket ideen. For ikke å snakke om at hvis de har PJ og Arden, fanget i limbo, inntil de får kontroll ... Vel, de kan ta sjelene deres. Og vi ville miste dem."

"Mener du at det kan være en felle?" spurte Lia.

"Nettopp."

"Du har gitt oss mye å tenke på", sa Alfred. "Jeg synes vi skal sove på det, tenke over det, og så snakker vi om det igjen i morgen."

"Jeg vet ikke om jeg får sove", sa Lia, "men jeg er enig i at vi bør ta en pause. Jeg trenger tid til å tenke over hvor stor fare vi utsetter oss for. Vi må sørge for at vi passer på hverandre."

"Klart det", sier E-Z. "I mellomtiden skal jeg se om jeg kan komme opp med en plan B."

Lia forlot rommet og lukket døren bak seg.

"Jeg lurer på hvem som var ved inngangsdøren." spurte E-Z.

"Vi kan spørre Sam i morgen tidlig, han er sikkert opptatt med å ta seg av konas føtter."

De lo. "Høres ut som en god plan", sa E-Z. "God natt, Alfred."

"God natt, E-Z."

KAPITTEL 30

OOOH, BABY BABY

"BABYEN KOMMER!" ROPTE SAM noen timer senere.

På vei nedover gangen holdt han Samanthas hånd i den ene hånden. Over skulderen hadde han en overnattingspose. Han tok tak i bilnøklene.

"Du kjører ikke, kjære", sa Samantha og la nøklene tilbake på benken.

E-Z kom ut i gangen. "Skal vi bli med deg?"

"Det går bra", sa Samantha. "Lia sover fortsatt."

"Jeg vekker henne, så møtes vi på sykehuset, ok?"

Lia kastet et blikk over skulderen: "Jeg har allerede ringt en taxi. Han kjører ikke."

Sam smilte: "Hun er sjefen."

"Vi ses snart", sa E-Z. "Hvem var det forresten som ringte på døren i går kveld?"

"Det var Rosalie. Hun var utslitt, så vi la henne på gjesterommet."

"Ok, takk", sa E-Z.

Mens han trillet bortover korridoren til Lias rom og lurte på hva Rosalie gjorde der, banket han på døren.

"Det er meg, Lia", sa han. "Moren din og onkel Sam er på vei til sykehuset. Babyen er på vei!"

Først smalt det, så åpnet Lia døren. Lampen på nattbordet lå på gulvet ved siden av sengen. "Jeg er straks klar", sa hun. Hun lukket døren.

Han gikk videre til gjesterommet. Han kikket inn, og Sam hadde rett, Rosalie lå og sov. Han gikk tilbake til rommet sitt, kledde på seg og prøvde å ikke vekke Alfred. Svaner var ikke tillatt på sykehuset, så det ville være slemt å vekke ham - han ville føle seg utenfor. Han skrev en lapp om at Rosalie sov på gjesterommet og at han skulle passe på henne til de kom tilbake. Be henne føle seg som hjemme, skrev han. Han la igjen lappen slik at Alfred ikke skulle savne den når han våknet.

E-Z lukket døren bak seg og låste den, før han og Lia satte seg inn i den ventende drosjen og kjørte til sykehuset.

De fulgte skiltene og fant snart babyavdelingen. Sam var der og gikk opp og ned, slik vordende fedre gjør på TV.

"Hvordan går det med deg?" spurte E-Z.

"Hvordan har mamma det?" spurte Lia.

"Takk for at dere kom, begge to", sa Sam. Hånden ristet da han forsøkte å ta en slurk vann fra en flaske. "Samantha har det veldig, veldig bra. Jeg mener, hun har vært gjennom det før med deg, Lia, så hun vet hva hun kan forvente, og jeg er...". Jeg vet ikke om jeg takler det. Kurset vi gikk på for å forberede oss til i dag, var bra - men virkeligheten er ganske annerledes. Jeg hater sykehus."

"Alle hater sykehus", sier E-Z. "Men når de kommer gjennom svingdørene... Og sier at det er behov for deg... Da må du ta deg sammen og gå inn og hjelpe kona di. Husk at dere er et team, dere er sammen om dette. Dere klarer dette!" Han klappet onkelen på ryggen.

"Jeg vet det."

Lia la hodet på Sams skulder. "Det kommer til å gå bra."

En sykepleier kom. "Kona di trenger deg. Det tar ikke lang tid nå. Jeg tar deg med for å vaske deg, så kan du være hos kona di når vi tar henne ned."

Sam nikket, og så gikk han.

Det siste ansiktsuttrykket hans minnet E-Z om noen som sto foran en eksekusjonspelotong.

"Han klarer seg", sa Lia og klappet E-Z på hånden.

Noen timer senere kom Sam tilbake til dem med et bredt glis i ansiktet. "Jeg har fått en datter til," sa han, "og en sønn!"

"To barn?" sa Lia og E-Z i kor.

"Ja, to. Vi så bare én på skanningen."

"Hvordan har mamma det?"

"Hun er strålende! Fantastisk!"

"Kan vi få se henne? Og babyene?"

"Gi dem noen minutter til å forberede seg. Så kan du møte broren og søsteren din, Lia, og E-Z, du kan møte søskenbarna dine."

"Vet du hva de skal hete allerede?" spurte E-Z.

"Ja, men det skal vi fortelle deg sammen."

"Greit nok", sa E-Z.

"To babyer i det huset - sammen med alle de andre", sa Lia.

"Jeg tenkte det samme. Vi har allerede fullt hus ... men vi klarer oss. Det gjør vi alltid."

De satt sammen og ventet.

EPILOGI

NOEN UKER SENERE VAR det 17. januar. Julen hadde kommet og gått med all den vanlige pomp og prakt, og det samme gjaldt inngangen til det nye året. E-Z var blitt ett år eldre, fylte seksten og gjengen var samlet på rommet hans. Charles Dickens var sammen med dem via Facetime.

Nede i gangen var tvillingene Jack og Jill i full gang med å lage bråk. Sam og Samantha holdt fremdeles på å venne seg til de nyankomnes rutiner. Ingen i huset hadde fått mye søvn før de åpnet julegavene sine. E-Z, Lia og til og med Alfred fikk lydblokkerende hodetelefoner.

E-Z hadde tenkt på andre måter de kunne bekjempe The Furies på. I tillegg til ideen om å gå etter dem i spillet. Det fantes få andre muligheter.

Mens de andre sov, hadde han hatt noen samtaler med Charles på nettet. Charles mente at det ville være "helt rått" å slå dem i deres eget spill.

E-Z var litt bekymret for hvilke andre fraser detektoristene lærte Charles. Sammen bestemte de seg for å informere gruppen om hvordan de skulle gå videre med spill-ideen.

"Det er enkelt", sa Charles Dickens. "E-Z og jeg snakket sammen på telefonen her om dagen, og vi fant ut hva som kan fungere. Hvis de vet noe om The Three - dere er jo overalt på Internett - vet de om dere. Men de vil ikke vite om meg.

"Ikke at de er redde for meg. Selv om Edward Bulwer-Lytton en gang skrev at 'pennen er mektigere enn sverdet'. I dette tilfellet håper jeg at det stemmer.

"Så jeg har øvd med vennene mine, detektoristene. Vi har funnet ut at det beste spillet for å få dem med, er et eksisterende spill. Og vi tror vi vet det perfekte spillet.

"Det heter The PK Crew. Spillets aldersgrense er 13+ eller 12+ noen steder, og det er gratis. Målet med spillet er å drepe alle, inkludert familie og venner. Du blir belønnet for hvert drap, men når du dreper folk som står deg nær, får du enda flere poeng. Mer penger. Til og med berømmelse i spillet. Bildet ditt på PK TV. På forsiden av avisen The Peachy Keen Times. Spillet foregår i en fiktiv by som heter Peachy Keen. Det er den perfekte fellen - og det er et spill vi skal lansere selv. Jeg spiller som en tolvåring, de kommer inn i spillet, og dere er allerede der inne."

"Det er trygt nok", sa E-Z, "du er jo allerede død - i ditt tidligere liv, mener jeg - så de kan ikke drepe deg."

Det banket på døren. "Den er åpen", sa E-Z.

Lia hoppet opp og slo armene rundt Rosalie. "Godt å se at du er våken", sa hun mens hun la seg inntil venninnens tykke genser.

Rosalie var blitt en viktig del av teamet deres. Men hun fikk bare lov til å være sammen med dem én dag til. Etter det måtte hun dra tilbake til hjemmet.

Mens hun gikk gjennom rommet for å sette seg ned, klappet hun svanen Alfred på hodet. De var blitt gode venner siden hun hadde kommet før ungene.

"Jeg har noe å fortelle dere. Først vil jeg takke for at dere har tatt så godt imot meg. Det har vært fantastisk å se deg, og takk for at du har fått meg til å føle meg som en del av teamet ditt."

"Ahhhhh", sa Lia.

"Det jeg må fortelle, er at jeg har skrevet i en bok om andre barn med spesielle krefter som dere. Den ligger i nattbordsskuffen min. Neste gang du kommer på besøk, skal jeg gi deg den, så kan du gå og hente de andre til å hjelpe deg med å slå Furiene."

"Vi trenger all den hjelpen vi kan få", sa Lia.

"Raphael og Eriel tror de kan hjelpe deg, det var derfor de ville at jeg skulle gi dem detaljer. Det var derfor jeg skrev det ned - så jeg ikke skulle glemme noe viktig."

"Er det derfor Raphael og Eriel trakk deg inn i det hvite rommet?" spurte E-Z.

"Både ja og nei. Jeg mener ja. De vet om de andre barna. Men nei, de ba meg ikke direkte om å overlevere informasjonen om dem. Jeg vet at disse barna er viktige for deg, og uten dem kan du ikke slå The Furies."

"Hva vet du om The Furies?" spurte Alfred.

Rosalie grøsset og la armene i kors. "Jeg vet et par ting om dem. For eksempel at de er tre skumle søstre som er tilbake på jorden for å gjøre noe galt."

E-Z sa: "Du tuller ikke. Jeg har med egne øyne sett skadene de har gjort så langt. Vi jobber med en plan. Men si oss, hvor er de andre barna? Tror du de vil hjelpe oss? Hvis vi finner en måte å få dem hit på."

"De er snille, men dere må spørre dem og foreldrene deres om lov. En av dem befinner seg på den andre siden av jordkloden i Australia, en i Japan og en i Phoenix, Arizona i USA. Det kan være flere, men disse tre er de eneste jeg har hatt kontakt med så langt", sier Rosalie.

"På den annen side vil det å ta inn nye barn gjøre det hele mer komplisert", sier E-Z. "Dessuten mislykkes vi. "Dessuten, hvis vi mislykkes, vil det ikke være noen som kan ta over for oss. Det er kanskje best for oss å klare dette selv, med minst mulig eksponering. Hvis vi kan gjøre det, jeg mener, ta ut The Furies - hvorfor involvere andre? Fremmede? Hvorfor risikere andre barns liv?"

"Det er ikke lenge siden vi alle var fremmede", sa Alfred.

"Jeg er fremdeles en fremmed - selv om vi er i slekt," supplerte Charles Dickens. "Men jeg er ikke en av De tre. Det er E-Z som bestemmer, og jeg gjør gjerne det han mener er best. Detektoristene sier at jeg er en nybegynner. Og det er sant."

Rosalie så på gutten i skjermen. "Vi har ikke blitt presentert for hverandre," sa hun. "Jeg heter Rosalie, og jeg er ganske sikker på at jeg er mer nybegynner enn deg."

Charles lo. "Jeg heter Charles Dickens."

"Er du i slekt med du vet, DEN Charles Dickens?" spurte Rosalie.

"Ja, jeg er ham - reinkarnert."

Rosalie lo. "Jeg trodde jeg hadde hørt alt. Vel, det gleder meg å møte deg, Charles."

Det banket høyt på ytterdøren.

Noen sekunder senere banet støvlettene seg vei i gangen, til tross for Sams protester.

"Rosalie," sa den kraftigste av de to mennene gjennom den lukkede døren. "Det er på tide å vende tilbake til hjemmet. Du trenger medisinene dine, så kom ut, ellers må vi komme inn og hente deg."

Rosalie reiste seg: "Jeg har visst fortalt deg alt du trenger å vite, og i siste liten." Hun gikk bort til døren, åpnet den og gikk ut sammen med ambulansepersonalet.

Først bak i ambulansen, så i det hvite rommet. Hyllene og bøkene var de samme, men det var ikke lukten. Før var det ingen lukt, men nå var den ille. Stinkende. Ekkel. Som blekemiddel og råtne egg.

Inn gjennom veggen kom tre kvinner kledd i svart fra topp til tå. I stedet for hår hadde de slanger. Og flere slanger krøp opp og ned langs armene deres. De fløy mot henne. De flaggermuslignende vingene deres sto i kontrast til det rene og hvite rommet. Blodet skummet ut av øynene deres når de svingte piskene sine i hennes retning.

Og stanken deres var uutholdelig.

"Fortell oss det vi vil vite", kjeftet Furiene i kor.

"Jeg vet ikke hva dere spør meg om," sa Rosalie og holdt seg for nesen.

PISK.

Smellet fra pisken streifet huden på den gamle kvinnens kinn. Da hun tok seg til ansiktet og så på hånden, var den dekket av blod.

"Vet du hva", sa Allie, mens hun og søstrene sveipet med pisken i nærheten av den eldre kvinnen igjen.

"Jeg skjønner ikke hva du mener."

En bokhylle veltet. Hadde det ikke vært for stigen som beveget seg raskt, ville Rosalie ha blitt knust under den.

WHIP.

Jeg drømmer, tenkte Rosalie. Jeg må våkne. Jeg må våkne NÅ og komme meg vekk fra disse fæle, stinkende skapningene.

Enda en bokhylle falt.

Og så en til. Og enda en.

Snart traff også stigen gulvet og spratt. Én gang, to ganger, tre ganger. Så ble den knust i småbiter.

"Å nei!" ropte Rosalie.

"Det skal du fortelle oss, kjære", forlangte Tisi mens hun løftet den eldre kvinnen opp fra bakken med slangearmene sine rundt henne.

Rosalies føtter dinglet usikkert. Mens slangene strammet grepet rundt overkroppen hennes.

"Pass deg, søster, du kommer til å gi henne hjerteinfarkt", skrek Meg og beveget seg nærmere Rosalie. "Gi oss det vi vil ha, kjære."

"Jeg sier ingenting til dere. Uansett hva dere gjør med meg," sa Rosalie.

Hun var så modig. For hun visste at hun ikke var alene. Lia var der og lyttet.

"Dette er fullstendig bortkastet tid," sa Allie mens hun sendte en pisk opp i luften og slo ned en hel vegg med bokhyller. Noen få bevingede bøker kjempet for å komme seg ut under hyllene. Én prøvde å fly med den eneste vingen den hadde igjen.

Tisi snudde seg mot den andre veggen og satte fyr på bøkene. De falt som dominobrikker over stakkars Rosalie, som ble begravd under de brennende bøkene.

Furiene lo høyt og stolt.

Rosalie ropte Lias navn i tankene. Hvor er du, Lia? spurte hun. Hvor er du, lille venn?

Tilbake i huset åpnet E-Z den bærbare datamaskinen. "Ok, vi har hatt mulighet til å sove på saken. Er vi alle enige om at vi ikke har noe annet valg enn å kjempe mot The Furies?"

Lia og Alfred nikket.

"Og vi må hente de andre barna og ta dem med hit. Det er tre av oss og tre av dem. Lia, du drar til Phoenix - Little Dorrit kan ta deg med, eller du kan fly."

"Jeg foretrekker Lille Dorrit."

"Ok, det første barnet er sortert. Men vi vet ikke hva hun heter eller nøyaktig hvor hun er i Phoenix, Arizona. Og det må dere avklare med foreldrene hennes. Det blir ikke lett, for du må fortelle dem hva slags fare barnet deres kommer til å havne i."

"Ja, jeg må få flere detaljer fra Rosalie."

"Alfred, du kan dra til Japan. Jeg foreslår at du flyr - vi må finne ut av logistikken. Du må fly tilbake sammen med gutten, forutsatt at foreldrene gir deg grønt lys. Igjen, vi trenger detaljer fra Rosalie om hvor gutten er. Og det vil være en språkbarriere, med mindre du kan japansk?"

Alfred ristet på hodet.

"Jeg skaffer en tolk."

"Vi skaffer deg en telefon, og så kan du legge inn en app som oversetter for deg. Det blir nok litt av en læringskurve", sa E-Z. "Spesielt siden du ikke har fingre."

"Det høres bra ut," sa Alfred. "Jeg må begynne å jobbe med telefonen med en gang. Det burde ikke ta lang tid å finne ut av det. I mellomtiden kan Rosalie fortelle barnet at jeg er en svane, så de ikke faller omkull og besvimer når de ser meg første gang."

"Det er en god idé," sier Lia. "Men hvordan skal du skrive?"

"Jeg kan bruke nebbet."

"Eller et stemmestyrt program", sa E-Z.

"Kult", sa Lia og Alfred i kor.

"Og jeg flyr til Australia. Jeg tar et fly tilbake med ungen, men det går raskere hvis jeg drar direkte dit. Og en ting til: Vi må finne på en luke til oss selv. En måte vi kan komme oss ut på - i tilfelle en eller flere av oss blir tatt, drept eller skadet. Vi må være forberedt på alt. Hvis vi dør før vi er ferdige med dette, er det ingen igjen til å plukke opp bitene."

"Erkeenglene", stotret Lia, og så stoppet hun opp. Hun skalv og fikk ikke igjen pusten. Hun slo armene rundt seg.

"Går det bra med deg?" spurte E-Z.

"Hysj", sa hun. Det var ingen lyder i rommet eller i tankene hennes, det var helt og holdent stille. Pulsen og pusten hennes ble normal igjen.

"Falsk alarm", sa hun. "Jeg trodde det var noe galt, som om jeg fikk et SOS, men nå virker alt i orden."

"Skjer det ofte?" spurte Alfred.

"Nei", sa Lia.

"Ok, la oss begynne å brainstorme", sa E-Z. Resten av dagen brukte de på å lage en liste og tenke ut hva som kunne gå galt og hva som kunne gå bra.

De gikk til rommene sine og sov.

Det ble en fredelig natt for alle unntatt Rosalie.

Rosalie, hvis stemme ikke ble hørt.

Hennes stemme ble ikke besvart.

Ingen hjelp kom.

Det hvite rommet ble ødelagt.
Ingen kom for å redde Rosalie.
Fra de onde furiene.

Takksigelser

Takk for at du har lest den tredje boken i E-Z Dickens-serien ... Jeg beklager den triste slutten, men noen ganger skjer slike ting.

Den siste boken vil snart være tilgjengelig!

Nok en gang takk til alle som har hjulpet meg med å gjøre denne serien til alt den kan bli, som betalesere, korrekturlesere og redaktører. Kudos!

Takk til venner og familie for oppmuntring og støtte.

Og som alltid, god lesing!

Cathy

Om forfatteren

Cathy McGough bor og skriver i Ontario, Canada,
sammen med sin mann, sønn, to katter og en hund.
Hvis du vil sende en e-post til Cathy, er adressen
hennes
cathy@cathymcgough.com.
Cathy elsker å høre fra
leserne sine.

Også av

YA

E-Z Dickens Superhelt bok fire: PÅ IS

NON-FICTION

103 innsamlingsidéer for frivillige foreldre i skoler og lag
Schools and Teams (3. PLASS BESTE REFERANSE 2016 METAMORPH PUBLISHING)

www.ingramcontent.com/pod-product-compliance
Lightning Source LLC
Chambersburg PA
CBHW060414310726
48976CB00003B/1046